双葉文庫

千代ノ介御免蒙る

巫女の蕎麦

早見俊

目次

巫女《みこ》の蕎麦《そば》　千代ノ介御免蒙《こうむ》る

第一章　江戸っ子の蕎麦《そば》

一

「めでたいのう」

「別嬪《べっぴん》の女房を貰《もら》い、千代《ちよ》ノ介《すけ》は果報者《かほうもの》だ」

江戸は番町《ばんちょう》の武家屋敷から明るい声が上がっている。

天保《てんぽう》二年（一八三一）長月《ながつき》の二十日、麗《うら》らかな秋日の昼下がり、小十人組一《こじゅうにんぐみいち》柳家《りゅうけ》では婚礼が執《と》り行われていた。

金屏風《きんびょうぶ》の前に座す新郎新婦は、当主である一柳千代ノ介と小十人組組頭《くみがしら》駒田《こまだ》喜四郎《きしろう》の娘文代《ふみよ》である。

裃《かみしも》に威儀《いぎ》を正した千代ノ介は二十五歳、浅黒く日焼けした顔は、薄い眉《まゆ》に鼻筋が通り、唇がやたらと紅い。笑みをたたえると無邪気な表情となるのだが、婚礼の緊張でいかめしい面構《つらがま》えとなっている。

文代はというと、白粉《おしろい》が不要な程の色白の肌に赤味が差し、愛くるしい黒目勝《くろめが》ちな瞳を伏せた清楚《せいそ》な佇《たたず》まいで座っていた。十八歳の娘盛りを白無垢《しろむく》に包み、列席者を魅了する美しさだ。唯一残念なのは、綿帽子《わたぼうし》を被《かぶ》っているため光沢を放つ濡羽色《ぬればいろ》の髪が見られないことだろうか。

父親を亡くした千代ノ介であるゆえ、母須磨《すま》が列席者一人ひとりに挨拶《あいさつ》して回っている。文代の父駒田喜四郎も挨拶回りをしているのだが、祝い酒を過ごしたせいで鼻の頭が赤く染まり、足元が覚束《おぼつか》ない。それでも、誰一人咎《とが》める者はなく、和《なご》やかに時が過ぎていった。

滞《とどこお》りなく婚礼が進む中、千代ノ介は窮屈《きゅうくつ》さを禁じ得ない。文代はというと、慎《つつ》ましい中にも幸せを嚙《か》みしめるような笑みをこぼしている。宴《うたげ》が進むにつれ、主役である花嫁花婿への関心が薄まり、二人のことなどそっちのけで飲み食いが行われ始めた。

宴の喧騒《けんそう》の中、家斉《いえなり》のことが気がかりだ。

家斉とは徳川《とくがわ》家斉、言わずと知れた征夷大将軍《せいいたいしょうぐん》である。何故《なにゆえ》将軍が下級旗本の婚礼の席にいるのか。

千代ノ介は小十人組の身分ながら番付目付《ばんづけめつけ》という家斉の特命を担《にな》っているからだ。番付目付とは役名どおり番付表を監察する。この時代、相撲《すもう》番付を真似《まね》、様々な人、名物、名所、事件等が番付表にされている。多くが相撲番付表と同様に東西に分け、最高位は大関《おおぜき》とし、関脇《せきわけ》、小結《こむすび》、前頭《まえがしら》という序列で評価する。公的なものではなく、酔狂《すいきょう》な者たちが物見高い江戸っ子を面白《おもしろ》がらせようと勝《かっ》手気儘《てきまま》に発行しているのだ。

家斉は番付表をいたく気に入り、江戸市中に出回る番付表の真偽を確かめることや面白い番付表を見つけ出す役目を新設したのだった。

いかにも泰平《たいへい》の世ならではのお気楽な役目ながら、将軍直々《じきじき》の命《めい》を担うとあっては、それなりの気遣いと知恵が求められる。

直属の家臣とはいえ、下級旗本の婚礼に将軍が出席するのは家斉が強く望んだからで、身分を隠し、あくまでお忍びでの列席であった。旗本川平斉平《かわひらなりひら》と名乗っている。

下級旗本の婚礼が珍しいのか、家斉はきょろきょろしながらも幸いにして楽しげに飲み食いをしている。祝いの鯛《たい》は一番大ぶりの物を選んで食膳に載せた。ところが、何が面白くないのか、横に座す梨本十郎左衛門《なしもとじゅうろうざえもん》は渋面《じゅうめん》を作ったままだ。梨本は五千石の大身《たいしん》旗本、奥向きを取り仕切る御側御用取次《おそばごようとりつぎ》、すなわち家斉の側近だった。

やおら、相撲取りのような大男が立ち上がり、家斉の前にどっかと腰を下ろした。

「いかん」

思わず千代ノ介は舌打ちする。

大男は助次郎《すけじろう》といって絵草紙屋《えぞうしや》、恵比寿屋《えびすや》の主《あるじ》。発行する番付表は評判が高く、番付目付を担う前から懇意《こんい》にしていた。歳は千代ノ介より一つ若いのだが、相撲取りのように肥え太っているため貫禄があり、親しく言葉を交わす前までは三十過ぎだと思っていた。

助次郎のことだ。無礼な言動をするかもしれぬと千代ノ介も席を立ち、蒔絵《まきえ》銚子《ちょうし》を手に、酌《しゃく》をして席を回りながら何気なく側《そば》に寄る。

助次郎は家斉の食膳にある鯛に目をやり、

「随分と立派な鯛ですね。あたしの鯛なんかこちらに比べたら鰯《いわし》ですよ」

鰯だと言われても、助次郎の食膳には頭と骨しか残っていない。梨本が助次郎に、

「控えよ」

と、強い口調で言ったところで、千代ノ介が間に入った。

「まあまあ、一杯飲んでくれ」

杯を助次郎に手渡し酌をする。助次郎は受けながらも不満そうに、

「こちらの鯛、立派なのはいいけど、一箸《ひとはし》しかつけていないよ。勿体《もったい》ない。お武家さま、鯛はお嫌いですか」

食膳から頭と尾がはみ出している程に大ぶりの鯛ながら、助次郎が言うとおり家斉は一箸付けただけだ。鯛が嫌いなわけでも食欲がないわけでもない。将軍や大名は食膳の魚には一箸しかつけないのが習わしで、家斉は普段どおりの食事をしているに過ぎない。

助次郎の恨めしげな眼差しを受け、

「苦しゅうない。千代ノ介、この者に余《よ》の鯛を下げ渡すがよい」

家斉は鷹揚《おうよう》に言った。梨本の剣呑《けんのん》な視線を受け止めながら、千代ノ介は家斉の食膳から鯛が載せられた大皿を両手で持ち、助次郎の食膳へ移した。

「こりゃ、すいませんね。どちらのお武家さまか存じませんが、遠慮なく頂戴《ちょうだい》しますよ」

気を良くした助次郎は、自分の席に戻ってから千代ノ介の耳元でどちらさまですかと囁《ささや》いた。

「碁《ご》を通じて父が懇意にしておった旗本だ。川平斉平さまと申される」

せっかく取り繕《つくろ》って答えたのに助次郎の関心は鯛に向けられたようで、家斉について深くは追及してこなかった。

ほっと一安心だ。

千代ノ介の危惧《きぐ》など斟酌《しんしゃく》せず、美味《うま》い、美味いと舌鼓《したつづみ》を打ちながら鯛を食べ終え、

「みなさん、宴も進んだところでちょっとした趣向《しゅこう》を用意しました」

助次郎は立ち上がった。

視線を向ける者、耳に入らないかのように談笑を続ける者、様々であったが助次郎は構うことなく、

「やっておくれな」

座敷を横切って縁側に出ると、庭に声をかける。

木戸からどやどやと数人の男女が入って来た。婚礼の場にふさわしく派手な色合いの肩衣《かたぎぬ》を身に着け、手拭《てぬぐい》を吉原被《よしわらかぶ》りにしている。助次郎が雇《やと》った大道芸人たちだ。

早速、庭で芸人たち各々《おのおの》の持ち芸が披露《ひろう》された。水芸《みずげい》、お手玉、玉すだれなどが演じられ、家斉も興味深そうに身を乗り出した。

文代の隣に戻った千代ノ介の前には、村垣格之進《むらがきかくのしん》がどっかと座っている。千代ノ介の従兄《いとこ》、公儀御庭番《こうぎおにわばん》の役目を担い、幼い時分には三つ年上ということで千代ノ介を弟のように可愛がってくれていた。

格之進は背がすらりと高い。というよりは、骨と皮のように痩《や》せているため、実際は五尺五寸なのが、六尺近くに見える。四角い顔つきで、頬骨《ほおぼね》が張った精悍《せいかん》さをたたえているのだが、動揺した時に見せる瞬《まばた》きたるや、疲れないか心配してしまう程だ。

相当に酒が入っているらしく、呂律《ろれつ》が怪しくなって同じ話を繰り返した。

「よいか、今日よりは名実ともに一家の主だぞ。一家の主として責任を持たねばならん。文代殿は千代ノ介を支えてやってくだされ。何しろ、千代ノ介は畏《おそ》れ多くも上さまのお役目を直々に担っておるのですからな。言ってみれば、千代ノ介に尽くすことは上さまに尽くすこと。直参旗本の妻女にとってこれ以上の誉《ほまれ》はないのですぞ」

という話を雑談を挟《はさ》んで二度も三度も言った。千代ノ介は適当に相槌《あいづち》を打っていたが、文代は律儀《りちぎ》にも何度もうなずいてありがたく受け止めた。

格之進のくどさに辟易《へきえき》していたがゆえ、大道芸人たちの芸が始まると千代ノ介は救われた思いで、

「格さん、ご覧なされ。見事な芸ですぞ」

格之進の関心を庭に向けようとした。文代も、

「まあ、面白《おもしろ》うございますわ」

などと手を打って顔を輝かせた。

格之進も酔眼《すいがん》を向けて芸をしばらく見つめていたが、

「下《くだ》らん」

と、気分を害したかのように言い捨てた。

「格さん、まあ、そうおっしゃらずに」

悪酔いされてはかなわないと千代ノ介は格之進を宥《なだ》めた。

「とっても華やかですわ。旦那さま、機会がございましたら、見世物小屋《みせものごや》にお連れください」

文代も格之進の不機嫌《ふきげん》さを気遣った。

旦那さまと呼ばれ、千代ノ介はぼうっとしていたが、自分が呼ばれたことに気づき、

「そ、そうだな」

と、慌《あわ》てて答えた。

気のせいか、文代が醸《かも》し出す雰囲気がこれまでと違うというか、別人に思えてきた。既《すで》に妻となっているのだ。それに比べて自分はまだまだ独り身の気楽さから抜け出すことができない。文代が特別にしっかりした女なのか、そもそも女とはそうしたものなのか。

すると、

「ふん、らちもない」

酔眼を庭先に向けていた格之進が立ち上がった。途端《とたん》に大きくよろめいた。

「格さん、少し休まれたらいかがですか」

千代ノ介の言葉を受け文代が対応しようとしたが、須磨が文代はここにいなさ

いと小さく言って格之進を隣室へと導いていった。格之進は千鳥足《ちどりあし》で隣室へと向かう。

「やれやれ」

呟《つぶや》いたところで文代がくすりと笑った。

「格さん、酔わなければいい人なんだがな」

「いいえ、お酔いになってもよいお方ですわ。お酒を過ごされたのはそれだけ旦那さまのことがお好きなのですよ。旦那さまとわたくしの婚礼を祝ってくださっているのです」

武家の妻女らしいしっかりとした物言いである。

ともかく、格之進が暴走しなくてほっと一安心したのも束《つか》の間《ま》のことで、不意に襖《ふすま》ががらりと開けられた。

小袖《こそで》を襷《たすき》掛《が》けにし、鑓《やり》を抱えた格之進が現れた。酔いで顔が蒼《あお》ざめ、血走った目で座敷を見回している。

「格さん、何をするんですか」

立ち上がって駆け寄ろうとした千代ノ介を制し、

「これより、この村垣格之進、武家にふさわしい祝いの演舞をご披露申し上げる」

と言ったのだろうが、呂律が怪しくなっているため酔っ払いが騒いでいるとしか見えない。

それでも、格之進は構わず人々をどかしながら座敷の真ん中に立つと、鐺を振り回し、演舞を始めた。本人はいい気分なのだろうが、迷惑なことこの上ない。

それでも、婚礼の場には酔っ払いがいるもので、わけもわからず格之進に、

「いいぞ」

とか、

「もっとやれ」

などと囃《はや》し立てる無責任な輩《やから》もいた。

もっとも、大半の者は格之進には関心を向けてはいない。千代ノ介は、はらはらしながら、人は好《よ》いがありがた迷惑な従兄を見守っていた。振り回される鐺が何とも危うく、間違って列席者を傷つけたら大変である。

ところが千代ノ介の危惧など何処《どこ》吹く風、格之進は興に乗って舞い続けた。最《も》早《はや》、演舞というよりは盆踊りのように楽しそうにはしゃいでいる。

家斉はというと、食い入るようにして庭を見ていた。大道芸、特にお手玉に興

味を抱いたらしく、梨本に命じて真っ赤なお手玉を取り寄せ、自分でもお手玉に興じ始めた。背中を丸め、芸人たちのお手玉の様子を見よう見まねで演ずる様はまるで童《わらべ》のようだ。

すると、格之進の視線が家斉に向けられた。ようやくのこと家斉だと気づいたのだろう。両目を激しく瞬かせ、大きくのけ反《ぞ》ったものだから、勢い余ってすってんころりと仰向《あおむ》けに倒れてしまった。

こういう時に限って注目が集まるもので、格之進の醜態《しゅうたい》にあからさまな嘲笑《ちょうしょう》が浴びせられる。さすがにいたたまれなくなったのか、格之進はすごすごと隣室へと下がって行った。肩を落とし、しおれ切った様子はさすがに気の毒だ。

「様《ざま》ねえな。とんだ演舞だね」

助次郎が遠慮会釈《えんりょえしゃく》もないからかいの言葉を投げかける。

千代ノ介は格之進を追いかけ、隣室に入った。

「格さん、ありがとうございます」

礼の言葉をかけると格之進は千代ノ介に向き直り、

「上さまが……。上さまがご臨席《りんせき》ではないか」

激しい瞬きと共に声が上ずっているのは、酔いのせいばかりではないようだ。

千代ノ介が答える前に、

「千代ノ介、出世したな。羨《うらや》ましいが、うれしいぞ」

祝ってくれる格之進に、申し訳なさが胸をついた。

「ありがとうございます」

「上さまが御臨席のこと、お母上や文代殿は御存《ごぞん》じなのか」

「いいえ」

小さく首を横に振る。格之進は得心《とくしん》がいったように大きくうなずき、

「そうか。やはり、お忍びか。わかった。安心しろ。このことは誰にも申さぬ。よし、そうとなれば、わしも一つ上さまのお目を楽しませねばならぬな」

またしても迷惑な使命感を抱いたようだ。

「お気持ちだけ頂戴します。この後はゆるりとおくつろぎください。まだ、料理はありますし、酒も残っておりますので。格さん、どうかゆるりと……」

必死で宥める千代ノ介であったが、

「のんびりと座って酒など飲んでおられようか。将軍家の目となり耳となる御庭番にふさわしき剣舞を、上さまや臨席しおる町人どもにも見せてやる」

格之進は助次郎たちに闘争心を抱いたようだ。

まずい。

暴走が始まるのではないか。

「格さん、頼みますから、今日のところはゆっくりしていてください」

必死で懇願《こんがん》する千代ノ介の言葉も耳に入らないようで、

「お主は新郎ではないか。お主こそどっかと座っておれ」

気遣い無用と繰り返す格之進に、どうか気遣いをわかってくれと心の叫びを繰り返した。

すると、

「みなさん、蕎麦ですよ」

助次郎の声が聞こえた。

婚礼の座敷に戻ると、庭では大道芸人たちが芸を終え、須磨が心付けを渡していた。

二

新郎の席に座ったところで、助次郎が座敷の真ん中で、

「料理の締めは蕎麦でございます。今日は、日頃懇意にして頂いております一《ひと》つ

柳《やなぎ》の旦那のために蕎麦屋の番付表で東の大関を張る、信濃屋《しなのや》の主人伝八《でんぱち》が蕎麦を振る舞います。どうぞ、御存分《ごぞんぶん》にご賞味ください」

紋付《もんつき》、羽織袴《はおりはかま》がいかにも窮屈そうな助次郎ではあるが、この挨拶はきちんとしなければならないと正座して声を励ました。蕎麦という言葉が注目を浴びたようで、みな助次郎に目を向けた。助次郎は満面の笑《え》みで、

「信濃屋の主、伝八より御挨拶をさせて頂きます」

と声をかけると初老の男が入って来た。蕎麦屋を営《いとな》んでいるせいではないだろうが、蕎麦のように痩せぎすの男で、それでも、大関にふさわしい威厳のようなものを漂わせていた。

「手前ども、屋号が示しますように信州の出でございます。信州と申せば蕎麦処《どころ》、婚礼の場には蕎麦を供します。蕎麦のように末永《すえなが》く夫婦の暮らしが続くようにという縁起物でございます」

伝八の言葉は説得力があり、みなうなずいた。助次郎が、

「僭越《せんえつ》ながら、新婦文代さまの只今《ただいま》のご心境を申しますと、信州信濃の新蕎麦よりもわたくしはあなたの側《そば》がよい、ということになりましょうか」

誰からともなく、

「うまい」

という言葉がかかり、文代の頬がほんのりと赤らんだ。

伝八が蕎麦の準備を始めた。芝三島町《しばみしまちょう》の小料理屋主人、高麗屋幸四郎《こうらいやこうしろう》も手伝った。高麗屋という店の屋号、幸四郎という名前を意識して高麗屋格子《ごうし》の袷《あわせ》を身に着け、酔いが回った出席者の間を手際《てぎわ》よく蕎麦が盛られた蒸籠《せいろ》とつゆの入った椀《わん》を置いてゆく。幸四郎は助次郎の妹お純《じゅん》の亭主、すなわち義弟であった。

蕎麦を配ると同時に、助次郎が持参した蕎麦屋番付表と蕎麦っ食い番付表を配ってゆく。列席者の間を相撲取りのような助次郎が回るものだから、いい迷惑なのだが、めでたい宴ということで文句をつける者はいない。

千代ノ介と文代の前にも蕎麦と番付表が置かれた。

「おめでとうございます。お美しい奥方さまで、お似合いですね」

幸四郎は簡単に祝辞を述べると、さっと去った。格之進と違って、くどくどと長《なが》っ尻《ちり》ではないのが好感を持てる。蕎麦の香が鼻孔《びこう》を刺激し、酒に飽いていただけに食欲をそそられた。

箸で摘《つ》まみ、蕎麦の香を楽しむ。芳醇《ほうじゅん》な香りが鼻の奥にまで沁《し》み込んできた。まずはつゆに浸《ひた》すことなく口に含んだ。腰のある食感、噛むと甘味が広がる。

うなずいてから、山葵《わさび》をつゆに溶かし、蕎麦を浸して一口食べた。食べると止まらない。喉越《のど》しを味わいながら、あっと言う間に一枚をぺろりと平らげてしまった。

「よろしかったら、これも」

文代が自分の蒸籠を向けてきた。

「文代殿も食《しょく》してくだされ」

「文代殿はやめてください。今日よりわたくしは千代ノ介さまの妻なのです。文代とお呼びください、旦那さま」

ためらいもなく言ってきた文代にたじろぎそうになったところで、

「どんどん食してください。たっぷりとございますよ」

幸四郎は蕎麦がなくなった蒸籠を見つけると、お替わりを勧めて回っている。

千代ノ介にも蒸籠を三枚積み重ねて持ってきた。

「そんなには食べられぬ」

断ろうとしたがこの蕎麦なら食べられると思い直し、ありがたく受け取った。

ふと格之進のことが気にかかった。座敷を見回したが格之進の姿はない。蕎麦を食べれば格之進も大人しくなってくれるだろうと期待したのだが……。

嫌な予感がしたところで、隣室から格之進が現れた。今度は大刀《だいとう》を腰に差し、座敷を大股《おおまた》で横切ると裸足《はだし》のまま庭に下り立った。次いで、大刀を振るい何やら唸《うな》り声を上げ始める。どうやら剣舞を披露し始めたようだ。

しかし、今回はからかいの言葉をかける者とてなく、みな、蕎麦に舌鼓を打っていた。

無人の庭なら迷惑がかからないだろう。千代ノ介は肩をそびやかし、格之進の好きに任せた。

助次郎も絶好調である。番付表作成仲間である薬種問屋の御隠居松右衛門《ごいんきょまつえもん》、南町奉行所臨時廻《まわ》り同心北村平八郎《きたむらへいはちろう》相手に、大道芸人といい、蕎麦といい婚礼を盛り上げたのは自分だと得意になっていた。松右衛門は博識で番付表作成に当たっての知恵袋、北村は練達《れんたつ》の八丁堀《はっちょうぼり》同心として江戸市中の噂話収集に長《た》けている。

「幸四郎、あたしの蕎麦がないよ」

助次郎は幸四郎に声をかけた。二尾の鯛をはじめ散々に飲み食いをしたばかりなのだが、

「蕎麦はね、別腹なんだ」

助次郎に遠慮という文字はない。

幸四郎も心得たもので、大盛りの蒸籠を助次郎の前に置いた。

「さて」

助次郎は蒔絵銚子を持ち上げ、蕎麦に酒を注いだ。

「蕎麦はね、酒で解《ほぐ》すと風味が一段とよくなるんだ」

得意げに言ったものの、酔っているせいか注ぎ加減が過ぎ、蕎麦を通して蒸籠から酒が流れ落ちてしまった。松右衛門が顔をしかめ、

「かけ過ぎですぞ。酒はあくまで解すためです。それに、この蕎麦は解す必要はありませんな。それくらいによい蕎麦です」

松右衛門にぴしゃりと言われ、面目《めんぼく》を失った助次郎はばつが悪そうな顔をした。

座敷には盛大に蕎麦を手繰《たぐ》る音が響いた。そんな中、ずるずる、くちゃくちゃ、とまるでうどんか餅《もち》でも食べるような音が聞こえた。蕎麦の食べ方を窘《たしな》められた助次郎は、音の主に視線を向ける。

視線の先には家斉がいた。

大振りの鯛を貰って親しみを抱いた上に、野暮《やぼ》な食べ方が我慢ならなくなり、

「ちょいと、お武家さま」

馴《な》れ馴れしく助次郎は家斉の前に座った。

「なんじゃ」

家斉は顔を上げる。幸か不幸か、梨本は厠《かわや》に立っていた。

「お侍さま、鯛を頂いてこんなことを聞くのはなんですがね、蕎麦、食べたことがありますか」

助次郎の問いかけに家斉はきょとんとなって、

「あるが、まるで違うのう」

「どんな蕎麦なんですか」

「そうじゃのう。何と申したらよいか、もっとしんなりとしておると申すか……」

うまく言い表せないようだが、要するに家斉の食膳に出される蕎麦は伸びてしまって、風味も食感も失われているということだろう。しかも、あらかじめつゆをかけてあるそうだ。

「そんな情けない蕎麦を食べていなさるから、きちんとした蕎麦の食べ方ができないんですよ」

梨本がいたら、無礼討《ぶれいう》ちにでもされかねない助次郎の言動であるが、家斉は興味を覚えたようで、

「確かにこの蕎麦は美味《びみ》じゃ。今までにこのように美味い蕎麦、いや、蕎麦自体がこのように美味とは思ってもおらなんだぞ」

「そりゃ当節、お侍の暮らしぶりも楽じゃないでしょうから、こんないい蕎麦なんか祝いの席じゃないと口に入らないでしょうけどね、そんなみっともない食べ方じゃ、蕎麦が可哀《かわい》そうですぜ」

「ならば、苦しゅうない。その方《ほう》、正しい作法を教えよ」

「作法って堅苦しいもんじゃござんせんがね、まあ一つ、江戸っ子流の蕎麦の食べ方をご教授してしんぜやしょうか」

自分の蒸籠と椀、箸を持って来て、

「こうやってね」

助次郎は左手に椀を持ち、箸を蒸籠に突っ込む。

「いいですかい、少しだけ摘まむんだ」

蕎麦を二本摘まみ、椀に浸すや勢いよく啜《すす》り上げた。家斉は目を白黒させて見入っていたが、

「早すぎてわからぬ。もそっとゆっくり食してみせい」

「ゆっくり食べたら蕎麦じゃないんですよ。うどんじゃあるまいし。いいですか、蕎麦はね、手繰るっていうんです。だからね、こうして」

もう一度手繰って見せた。

益々《ますます》得心が行かないようで、家斉は首を捻《ひね》っている。

「わかんねえかな。つゆに浸すか浸さないかでね」

と、もう一度やってみようとしたが、

「じれってえな。とにかく、やってみなさいよ」

助次郎に言われ、家斉はおそるおそる箸で蕎麦の一本を摘まむと、椀に浸そうとした。

「つけすぎちゃ駄目《だめ》ですよ」

お節介《せつかい》がましく助次郎が口を挟む。家斉は大真面目《おおまじめ》に少しだけ浸し、口に運んだ。口の中でもごもごと咀嚼《そしやく》すると、

「噛むんじゃないんですって」

助次郎がぴしゃりと言うと家斉は飲み込んでから、

「噛まぬのか。余は幼き頃より、食物はよく噛んで食せと口うるさく言われてき

たものじゃが」

「蕎麦ってのはそこが違うんでさあ。蕎麦はね、喉越《のど》しを味わうんですよ。ですからね、ちょっとだけ噛んだら、さっと飲み込むんです。すると蕎麦の味が引き立つってもんでね」

助蔵はもう一度やって見せた。家斉はうなずくと蕎麦を二本摘まみそっとつゆに浸してから息を吐き、一息に啜《すす》り上げ、飲み込んだ。

「そう、その要領ですよ。お武家さま、筋がいいや」

助次郎が誉《ほ》めたところで、

「うっ、うう」

家斉は顔を真っ赤にして喉を手で押さえた。

「どうしやした？　喉に詰まらせましたか⁉」

助次郎は心配の余り声をかけたが、

「苦しゅうない。いや、苦しい」

家斉は白目をむいた。

すかさず家斉の背後に立って助次郎は背中を叩いたが、家斉の苦悶《くもん》は収まらない。

三

千代ノ介は助次郎が配った蕎麦屋番付と蕎麦っ食い番付を手に取っていたが、騒動に気づき、番付表を置いて席を立つや大股で家斉の側にやって来た。

「足を持って、逆さにするのがよい」

松右衛門の指示に従って千代ノ介と助次郎が家斉の足首を持って逆さにした。その際、

「失礼仕《つかまつ》ります」

千代ノ介はそっと家斉の耳元で囁いた。返事をする余裕など家斉にはない。全身で苦悶を表し、足をばたつかせた。助次郎が弾《はじ》き飛ばされ、

「川平さま、じたばたしちゃあいけないよ」

文句を言いつつも、責任を感じているようで再び足を抱えた。

周囲もこの騒ぎに気づき、千代ノ介と助次郎を手伝って家斉の身体を支え上下に大きく揺さぶった。

そこへ梨本が戻って来た。

梨本は仰天《ぎょうてん》し、

「上さま……」

と、ついつい口を滑らせたところを助次郎が、

「上じゃなくって下だよ。下に頭を向けるんだ」

大騒ぎになって文代が駆け寄った。両手に大きな椀を持っている。椀には水がたゆたっていた。

「そうじゃ、水で飲み込んだほうがよい」

松右衛門が方針転換を示し、千代ノ介と助次郎が家斉をそっと座らせた。文代から椀を受け取り、千代ノ介は家斉の口に当てがった。顔面蒼白で事態を見守る梨本を横目に家斉の口に水を注ぐ。

家斉の喉仏《のどぼとけ》がごくりと動いた。蛇《へび》が獲物《えもの》を呑み込んだようだ。

直後、家斉の顔に笑みが広がった。

「ふう……、蕎麦というのは、食べるのが難しいものよな」

何事もなかったように家斉は言った。

「川平さまがどじなんでさあ」

助次郎は小馬鹿にしたように鼻を鳴らしたため、梨本は憤怒《ふんぬ》に顔を歪《ゆが》ませたものの、自分を抑えるように肩で息をするに留《とど》まった。

その間、格之進は庭で一人、剣舞を行っていた。これぞ、御庭番の舞だという思いを込めて演舞をしていた。やっているうちに、自分に酔ってしまい周りが見えなくなった。

秋も深まっているというのに全身から汗が滴《したた》った。我ながら素晴らしい出来栄えだと誇りたくなる。

「どうだ、千代ノ介」

と、声をかけた。

「ああっ」

ここで初めて家斉の異変に気づいた。家斉は身体を逆さにされて苦悶していた。

「毒だ」

家斉は毒を盛られたのだ。

大変なことになった。

格之進が大急ぎで庭を横切り、縁側に至ったところで家斉は蕎麦を飲み下し、命を取り留めたことが確認された。

千代ノ介たちはやれやれと安堵《あんど》している。

千代ノ介と視線が交わった。目で話があることを伝えた。

ほっと安堵したところで、千代ノ介は格之進がぱちぱちという音が聞こえると思えるくらいに目を瞬かせて縁側に駆け込んで来るのが見えた。

――まずい――

格之進のことだ。

またもや妄想を抱くのではないか。あの顔つきは尋常ではない。きっと、家斉が蕎麦を詰まらせただけのことを大袈裟《おおげさ》に受け止めてしまうに違いない。

案の定、格之進は凄い目で千代ノ介を睨《にら》んできた。

――やれやれ――

縁側に出た。

「千代ノ介、大事出来《しゅったい》ではないか」

格之進の唾《つば》が顔にかかる。袖で拭って、

「幸いなことに、大事には至りませんでした。上さまは蕎麦を喉に詰まらせられただけで、ご無事でございます」

努《つと》めて何でもないことのように明るく言った。しかし、格之進の不安は去るどころか、益々不審感を募らせたようで、

「そのような温《ぬる》いことを申してどうする。これは、上さまを毒殺せんとした企《くわだ》てに相違ない」

興奮で膨《ふく》らんだ顔は、清々しい秋日にもかかわらず暑苦しくなっている。やせ細った貧弱な身体とは不似合な大仰《おおぎょう》さだ。

「そのように大袈裟に考えなくてもよろしいですよ」

「お主は呑気《のんき》に過ぎる。おれの永年の御庭番としての勘が、これは上さま毒殺と告げているのだ」

ずっと御庭番の勘は外れっぱなしではありませんかと心の中で毒づいた。しかし、千代ノ介の胸の内などどこ吹く風。

「今なら下手人《げしゅにん》は逃げてはおるまい。直《ただ》ちに捕らえねばならぬ」

今、格之進に騒がれては婚礼はぶち壊しである。いや、婚礼が壊れるのはともかく、せっかく祝いに来てくれた者たちを不愉快にさせ、ありもしない将軍毒殺という事件が独り歩きをして、江戸市中に流布《るふ》し、大騒動となるかもしれない。

「いやいや、毒を盛るなどありえません。単に、蕎麦が喉に詰まっただけです」

強く言い張った。

「いや」

格之進が尚《なお》も反論しようとしたが、

「格さん、どうか騒がないでください。仮にもわたしの祝言の場なのです」

両手を合わせたところで、

「そうか……。それもそうじゃのう」

さすがに格之進も引き下がってくれた。それでも、

「蕎麦を持って来たのは信濃屋だったな」

「さようです」

「わかった」

格之進は静かにうなずいた。

何か企んでいるようだが、これ以上は無用の刺激を与えることもあるまいと問いかけることはやめた。格之進は座敷を見回しながら隣室に消えた。

梨本が声をかけてきた。

きっと小言が始まるに違いないと覚悟して、梨本の前に座った。

「まったく、わしが少し目を離した隙にこのような失態をしでかしおって」

剣呑な目を向けられたが、

「これ十郎左、そう千代ノ介を責めるな。今回のことは余が悪いのじゃ」

家斉が間に入ってくれたため、それ以上の叱責《しっせき》を加えることなく梨本は家斉に向き直り、

「ともかく、大事に至らずよろしゅうございました」

「うむ。これよりは、蕎麦を食する稽古《けいこ》が必要じゃな」

大真面目に言った家斉に、

「蕎麦を食べる稽古など、不要と存じますが」

珍しく梨本は異を唱《とな》えた。

「ならば、そなた、蕎麦を食べてみよ」

家斉は命じた。

梨本は戸惑ったが将軍の命令を聞かないわけにはいかず、おもむろに箸を取ると蒸籠から蕎麦を摘まみ、ざぶっとつゆに入れ、二度、三度かき混ぜてからもぐもぐと口に運んだ。

たちまち家斉が顔をしかめ、

「無粋《ぶすい》よな」

「無粋、で、ございますか」

梨本は困惑した。

「無粋じゃ。蕎麦の食べ方ではない」

「どこか間違っておりましたか」

「どこかではない。全《すべ》てが間違っておるのじゃ」

「全てでございますか」

「なってないのう」

家斉と梨本のやり取りに噴き出しそうになってしまった。二人のやり取りを聞きつつ、千代ノ介は列席者を回り、改めて礼を述べ立てた。みな、口々に祝いの言葉をかけてくれる。助次郎の前に来たところで、

「まったく、胆《きも》を冷やしましたよ。蕎麦を詰まらせて死なれでもしたら、寝覚めが悪くて仕方ないですからね。それにしても、どじなお旗本だ」

素性《すじょう》を明かしたら、助次郎は仰天し、蕎麦を喉に詰まらせるかもしれない。

「川平さまは大身のお旗本なんでしょう。なら、無理ないかもしれませんや。市《し》井《せい》で蕎麦なんて召し上がったことがないんでしょうからね」

「そのようだな」

「もう二度と蕎麦は食べたくないって思われたんじゃないですか」

「いや、かえって気に入られたようだぞ。とても好奇心旺盛《おうせい》なお方ゆえな、食べ方も含めて蕎麦を気に入られたようだ」

「なら、いいんですがね」

助次郎は言ってから、

「ああ、なんだか、気遣いしてしまって、腹が空《す》いちゃいましたよ」

言い訳じみた言葉を並べてから幸四郎に蕎麦の追加を頼んだ。

食欲旺盛でいて、

「今回のことで、一層《いっそう》寿命が縮まっちまいましたよ。こら、いよいよ先がござんせんや」

とても薄命《はくめい》な男とは思えぬ旺盛な食欲をみせるのだった。

四

婚礼は、無事ではなかったがともかく終わった。新婚初夜を迎え、緊張のままに夫婦固めの盃事《さかずきごと》を行い、明くる朝を迎えた。

目を覚ますと、横に文代はいなかった。婚礼の緊張からだろう。昨晩はすやすやと寝息を立てて眠りについていたのだが、今朝にはさっと起きて朝餉《あさげ》を調《ととの》えているとは、やはり武家の妻としての自覚が芽生え、いや、既に娘から完全に妻になっているのだ。

こうしてはいられぬと千代ノ介も己《おのれ》に言い聞かせるようにして起き上がると、洗顔を済ませ、着替えをしてから居間に向かった。

「お早《はよ》うございます」

文代が挨拶をしてきた。

「お早う」

千代ノ介も返すが、どことなくぎこちない。

「すぐに朝餉の支度《したく》を致します」

「ああ、頼む」

慌てて返事をすると、文代は居間から出て行った。須磨が、

「まことよくできた嫁で、本当によかったですね」

おまえもしっかりした夫になれと言いたげだ。

程なくして朝餉の食膳が運ばれて来た。

味噌汁《みそしる》の香ばしい香りに食欲を刺激され、早速啜った。

「うっ」

思わず眉根《まゆね》がしかめられた。

出汁《だし》は取ってあるのだろうが、相変わらず味噌の味とうまい具合に溶け込んでいない。

「お口に合いませぬか？」

心配げな文代の声に、

「いや、熱かったので舌を少々火傷《やけど》してしまった」

苦しい言い訳をしてからもう一度味噌汁を啜って、「美味い」とひとりごちた。

横目に文代の安堵の顔が映った。賽《さい》の目《め》に切った豆腐の大きさはばらばらだし、葱《ねぎ》も太いのやら細いのやら入り混じっている。妻になったからといって急に料理上手《じょうず》になるはずはないのだが、それが妙に安心できた。

婚礼の時より、文代の妻ぶりを見せられた千代ノ介は置いてきぼりを食ったような気分になっていたのだ。安堵すると俄然《がぜん》食欲が湧き、飯をお替わりした。

「御馳走《ごちそう》さまでした」

「お粗末《そまつ》さまでした」

文代は笑顔を返した。

二十三日になり、裃に威儀を正し、城に出仕した。

番付目付の役割は、中奥《なかおく》の庭に設けられた御堂《おどう》のような建屋《たてや》で行う。御堂の周囲には白砂《はくさ》が敷き詰められ、瓦葺《かわらぶき》屋根の頂きに金色の鳳凰《ほうおう》が飾ってあった。柱に施《ほどこ》された龍の彫り物が将軍の威容《いよう》を伝えている。

澄み渡った青空の下《もと》、白砂には一葉の落ち葉も塵《ちり》とてもなく、秋風が爽やかだ。濡《ぬ》れ縁《えん》から伸びる欄干《らんかん》を備えた階《きざはし》の下で雪駄《せった》を脱ぐ。

階も濡れ縁も鏡のように磨き立てられ、白足袋《しろたび》が汚れることはない。家斉のお成《な》りに備えてのことだろう。階の脇に植えられた赤松は相変わらず手入れが行き届いている。

滑らかな階を登り、濡れ縁に坐《ざ》した。

軒先《のきさき》に吊るされた風鐸《ふうたく》が色なき風に鳴り、木立《こだち》では百舌鳥《もず》が鳴いていた。

秋の風情を感ずる音色を味わいつつ、

「お早うございまする」

と、声をかけ障子《しょうじ》に手をかけた。

梨本の、「入れ」という声が返され障子を開けた。

堂内から妙な音が聞こえてくる。秋めいた気分がぶち壊された。

妙な音……。

蕎麦を啜り上げる音だ。

家斉と梨本が蕎麦を食べていた。

主従が黙々と、いや、盛大に蕎麦を手繰る様子に噴き出しそうになったが、笑っては不忠になると口をへの字に引き結んで堂内に入った。

「お早うございまする」

無理にもいかめしい顔で両手をつく。

梨本が箸を置き、目礼《もくれい》を返す。家斉はお構いなしに蕎麦を食べ続けた。蒸籠をさらってから、

「どうじゃ」

と、千代ノ介に問うてきた。

唐突《とうとつ》で何を問われているのかわからない。

「どうと申されますと」

聞き返したところで、

「決まっておろう。余の蕎麦の手繰り方じゃ。町民どものようにうまく食してお

ったか」

家斉は問い返してきた。

気紛《きまぐ》れな将軍さまは目下、蕎麦に夢中というわけだ。

「それはもう、お上手でございました」

無難に返すと、

「まことのことを申せ」

家斉は不満そうだ。梨本が、

「婚礼の日より上さまにおかれては、いたく蕎麦をお気に召されてのう、特別に打たせた蕎麦をここで食しておられる」

中奥の休息の間で食べるわけにはいかないということだろう。小姓《こしょう》に給仕をさせながら音を立てて啜り上げるわけにはいかない。それにしても、家斉がこれほど蕎麦を気に入るとは思ってもいなかった。

「ところで、次なる番付であるが」

家斉はごそごそと懐中を探った。

「蕎麦屋番付でございますか」

蕎麦屋番付表は婚礼の際、助次郎がみなに配った。それを見て家斉は番付上位の蕎麦屋に行きたいと言い出すのではないか。

　ところが、

「蕎麦屋ではない」

　否定してから、目当ての番付表が見当たらないらしく家斉は梨本を促《うなが》した。梨本が千代ノ介に向き、

「上さまにおかれては、蕎麦を大量に食すことのできる者、蕎麦っ食い番付にご興味を抱かれたのじゃ」

「蕎麦っ食い番付ですか」

　そういえば、助次郎が蕎麦屋番付と共に蕎麦っ食いの番付表を配っていたことを思い出した。手にとって眺めようとしたところで、家斉の喉づまり騒動が起きて、ついつい見過ごしてしまったのだった。

「大関は、なんとか申す相撲取りであったな」

　家斉に確かめられたが、見ていないため返事に窮する。梨本が大関に番付された力士《りきし》の名前を挙げた上で、

「なんでも、近々の内に例の信濃屋で蕎麦の闘食会《とうしょくかい》が催《もよお》されるそうじゃ。その結果によって改めて番付の変更がある。何とか申す無礼千万《ぶれいせんばん》な男……それこそ力

士のように肥《こ》え太った男が偉《えら》そうに申しておった」

闘食会とは、呼んで字の如《ごと》く大食いを競う大会だ。残る記録によると、文化《ぶんか》十四年三月に両国柳橋《りょうごくやなぎばし》の万屋八郎兵衛《よろずやはちろべえ》方で行われた闘食会では饅頭《まんじゅう》五十個、羊羹《ようかん》七棹《さお》、薄皮餅《うすかわもち》三十個を一人で食べた者がいたとか。また、蕎麦を六十三枚食べた男もいた。

凄《すさ》まじい食べっぷりで、まさしく闘《たたか》いと言えた。

「絵草紙屋の助次郎でございますな」

「名前などはどうでもよい」

梨本はよほど助次郎に腹を立てたようだ。

知らぬこととはいえ、婚礼の席での家斉に対する無礼な振る舞いに加えて、助次郎のせいで自分も家斉に付き合って江戸っ子流の蕎麦の食べ方を稽古する羽目《はめ》になったことを怒っているのだろう。

「余も出たいのう」

家斉は言った。

「上さまが……。で、ございますか」

さすがに千代ノ介もそうですか、とは返事ができない。梨本も反対を唱えはしないが、険《けわ》しい表情をしている。

「上さま、お言葉ですが、蕎麦の闘食会に出場する者は名《な》うての蕎麦っ食いと申しましょうか、とても素人《しろうと》が追いつけぬ程に大量の蕎麦を食べるものですぞ」

言ってから、蕎麦を食べるのに玄人《くろうと》も素人もないではないかと思った。

「余は何も優勝しようとは思っておらぬ。強者《つわもの》どもの食べっぷりを見てみたいのじゃ。それには、余も十枚ぐらいは食べてみせねば格好がつかぬ。しかも、きちんと古式に則《のっと》って食さねばな」

家斉なりの気遣いのようだ。助次郎がうんちくを垂れた江戸っ子流蕎麦の食べ方を古式と言ったのがおかしくてならない。

「千代ノ介も出てはどうじゃ」

家斉に誘われ、

「は、はい」

断るわけにはいかず受け入れたものの、正直言って御免蒙《ごめんこうむ》りたい。蕎麦は好きだが、闘食会となると、蕎麦の風味を味わうことなどできはしない。下手《へた》をすれば腹を下《くだ》すやもしれぬ。

蕎麦に限らず、闘食というものが行われている。飯、酒というのはわかるが醤油《しょうゆ》であったりもする。醤油を二升も飲んで命を落とした者もいるとか。まさか、蕎麦を食べて落命することはなかろうが、競争してまで食べる気はしない。醤油を飲み過ぎて死んだ者のことなど知らないであろう家斉は出る気満々である。

「実はな、少々耳よりの話を聞いた」

家斉はにんまりとして梨本を見た。

梨本が、

「蕎麦っ食い番付で上位を占める者たち、大関に限らず相撲取りばかりなのだがな、目下、その者たちは巡業に出ておるのだ。従って、信濃屋で催される蕎麦の闘食会には出場できぬというわけだ」

すかさず家斉が、

「だからと申して、余とて上位に食い込めるなどと思い上がってはおらぬ。優勝する者がどれほどの蕎麦を食するか見てみたいのじゃ」

好奇心を抑えきれないようだ。

梨本の苦い顔を余所《よそ》に、家斉は出場の意欲を募《つの》らせる。

「千代ノ介、蕎麦の闘食に出られるよう、よきに計《はか》らえ」

家斉の鶴《つる》の一声《ひとこえ》で出場が決まった。

千代ノ介と梨本が平伏《へいふく》したところで、

「千代ノ介の妻女《さいじょ》、気立てが良さそうな女子《おなご》ではないか。喉を詰まらせた余に水を持って来たのも気転が利《き》いてよい。千代ノ介とは似合いの夫婦じゃぞ」

今更《いまさら》ながら家斉は誉めそやしてくれた。

「畏れ入りましてございます」

千代ノ介が恐縮《きょうしゅく》したところで、

「さて、もう一度稽古じゃ」

家斉は蕎麦が盛られた蒸籠を自分の前に置いた。

「替わりを申しつけてまいります」

梨本が席を立った。額《ひたい》にうっすらと汗を滲《にじ》ませ、眉間《みけん》に皺《しわ》を刻《きざ》んでいる。

千代ノ介も腰を上げた。濡れ縁で追いつき、

「梨本さま、もしやお身体の具合がよくないのではございませぬか」

梨本は右手で腹をさすりながら、

「当分は蕎麦など見たくもない」

と、本音を漏らした。家斉に付き合い、大量の蕎麦を食べて胃がむかついてい

るようだ。さすがに同情した。

「ご自愛くださいませ」

「自愛なんぞできようか。我ら上さまに身命《しんみよう》を賭《と》して尽くさねばならぬのだ」

もっともな言葉であるが、その役目が蕎麦を食べる稽古とは、言葉と実際の役目がかけ離れ過ぎていて笑うこともできない。

こんなことをしていていいのだろうか。

ふと己《おの》が人生に疑問を抱き、文代の顔を思い浮かべた。文代が番付目付の実態を知ったならどんな顔をするだろうか。

曇った千代ノ介の胸とは正反対の、天高く雲一つない秋空が広がっていた。

五

千代ノ介は根津権現《ねづごんげん》の門前町に店を構える信濃屋へとやって来た。

なるほど、蕎麦屋番付で大関を張るだけのことはある。昼時を過ぎているというのに、店の中は満席である。広い店内に蕎麦を手繰る音が響いていて、まことに壮観だ。

蕎麦っ食いは長居をしないもので、食べ終えたらさっさと帰って行くため、待つこともなく座ることができた。他の蕎麦屋のように蕎麦を肴《さかな》にいつまでも酒を飲む長《なが》っ尻《ちり》の客はいない。いや、日がまだ高いからで、日が落ちたなら、この店も酒主体になるのかもしれないのだが。

女中に盛り蕎麦を三枚頼んだ。待つ程もなく三枚の蒸籠と箸、つゆ、薬味が運ばれてきた。手際の良さも大関を張る名店ならではのようだ。おもむろに箸を取り、蕎麦を食べ始めた。濃い目のつゆにさっと浸して口に運ぶ。

「美味い」

思わず口から称賛《しょうさん》の言葉が溢《あふ》れる。

つるりとした食感、腰があって喉越しがいい。大して嚙んでいないのに蕎麦の風味で口中が満たされた。

食べ始めると止まらない。お替わりを頼んだ。嚙むのももどかしく、次々と蒸籠を空にして、箸が止まったのは十枚を数えた時だった。

「いやあ、満足」

腹を右手でさすった。

ふと、横目にうず高く積まれた蒸籠が映った。引き込まれて蒸籠の数を勘定《かんじょう》する。二つの山ができていて、十枚と九枚が重ねられている。そして、今、九枚に一枚が加わった。

二十枚をぺろりだ。

「御馳走さまでした」

男が箸を置き、合掌《がっしょう》した。

縞柄《しまがら》の小袖を尻っぱしょりにし、紺《こん》の股引《ももひき》を履いている。脇には大きな風呂敷《ふろしき》包みが置いてあった。一見して行商人のようだ。十枚食べて動くのも億劫《おっくう》な千代《づ》ノ介に対して、男はにこやかな顔のまま軽やかに風呂敷包みを背負うと、

「ど〜も」

と、愛想のいい満面の笑顔と言葉を亭主の伝八にかけてから、代金を蒸籠の横に置いて店から出て行った。

何者だ。

きっと名うての蕎麦っ食いに違いない。勘定をすませてから伝八の前に立った。

「これは、一柳さま。先日はおめでたい席にお邪魔させて頂きましてありがとうございます」

「こちらこそ、美味い蕎麦を食せ、列席された方々も満足しておった。かたじけ

ない」

「手前どもの蕎麦がお役に立てれば幸いでございます」

伝八は慇懃《いんぎん》に頭を下げた。

「ところで今、ここを出て行った男、二十枚をぺろりと平らげた。惚《ほ》れ惚《ぼ》れするような食べっぷりであったが、一体何者なのだ」

伝八はうなずき、

「あの方は薬の行商人で貫太《かんた》さんとおっしゃいます。ご覧になられたように見事な蕎麦の食べっぷりから、上野《うえの》や下谷《したや》界隈《かいわい》の蕎麦屋では蕎麦貫さんのあだ名で通っておりますよ」

「なるほど、蕎麦貫か」

言い得て妙だと千代ノ介も感心した。ひょっとして蕎麦の闘食会にも出場するのだろうか。

「近日、蕎麦の闘食会があるそうだな」

「一柳さまもお出になられますか」

伝八はうれしそうだ。

「出たいが、参じる者たちはどの程度食べるのであろうな」

「今回は毎度上位を占める方々が出られませんので」

伝八は思案を始めた。

家斉が言っていたように、なるほど力士たちは巡業に行っているようだ。

「様々でございます。五枚も召し上がることができないお方、今の蕎麦貫さんのように二十枚をぺろりと食される方……、そうですな、優勝するには五十枚くらいでしょうかね」

五十枚か。

前日から飯を抜いて臨《のぞ》んだにしても、五十枚など到底《とうてい》食せるものではない。やはり蕎麦を味わうのではなく、闘いの場なのだろう。

「蕎麦貫も出るのだろうな」

「お出になると思いますよ。優勝者には十両を差し上げることになっておりますので」

伝八から是非とも出場して欲しいと要請《ようせい》された。金額はともかく、蕎麦っ食いたちの食べっぷりを見物するのは楽しいだろう。家斉から出られるよう段取りをつけよと命じられたからには、伝八の申し出は渡りに舟だ。

そうだ、助次郎も誘ってみるか。

「ならば、出るとするか。で、わたしだけではなく何人か誘ってもよいか」

「どうぞ、どうぞ。一柳さまのお知り合いの方でしたら大歓迎でございます」

伝八が手を打ったところで、

「何度言ったらわかるんだ。このどじ野郎！」

という剣呑な声が耳に飛び込んできた。千代ノ介が目をきょろきょろさせると、

「どうもすみません」

伝八は詫びてから、近頃入った新入りの男が板場で職人たちから叱られているのだと語った。

「やる気は満々の男でございますので置いてやっているんですが、不器用と申しますか、しくじりばかりを繰り返すようでして。蕎麦打ちの職人たちと申しますと、蕎麦とは裏腹《うらはら》に気の短い者が多うございますので、店を営んでいる間、叱責の声が絶えないのですよ」

伝八は困ったものでと繰り返した。

どんな男なのか興味を覚えた。

伝八に断りを入れてから板場を覗いた。

「だから、もっと、腰を入れるんだって」

年配の職人からの叱責を、

「へい」

返事は極《きわ》めて調子がいいのだが、いかんせんへっぴり腰である。素人目にも蕎麦を打つどころか、はたきもかけられそうにない。

「今日のところは、蕎麦打ちはそこまでだ。蒸籠を洗ってろ」

「合点でぇ！」

めげるどころか元気一杯の返事し、男は積み上げられた蒸籠を両手に抱え洗い場へと持って行く。男の背中は実に頼りなさそうで、実際左右によろめいている。

「何も一遍《いっぺん》に持たなくてもいいだろうに」

千代ノ介は呟いた。男の危うさたるや、不器用なばかりか要領の悪さも物語っている。

案の定、

「退《ど》いた、退いた」

勢いよく走る職人の一人に声をかけられた途端に大きくよろめき、その拍子《ひょうし》に蒸籠を倒してしまった。大きな音と共に土間に倒れた蒸籠から残っていた蕎麦が散乱し、男は蕎麦に足を滑らせて転んだ。

「まったく、救いようのねえどじ野郎だな」

職人たちの罵声《ばせい》を受け、男は四つん這いになって蒸籠を拾い集めた。この時、男の顔が見えた。

「あああっ」

ついつい驚きの声を上げてしまった。

男は村垣格之進だった。

格さん、こんな所で何をしているんだと内心で呟いたが、すぐに潜入したのだと思い至った。格之進は婚礼の席で家斉が蕎麦を喉に詰まらせた騒動を、毒が盛られたのだと解釈していた。格之進特有の妄想が始まり、信濃屋に探索《たんさく》に入ったのだろう。

目が合った。

格之進は目で黙っていろと伝えてきた。千代ノ介とても格之進の奮闘ぶりを見れば、迂闊《うかつ》に言葉をかけることはできない。

くるりと背中を向け、立ち去った。

あくる二十四日、格之進が訪ねて来た。

「格さん、信濃屋を探っているのですか」

「そうだ。蕎麦職人に成り切って、隠密《おんみつ》の探索を行っておるところだ」

成り切っていないだろう、とは言えなかった。

「ご苦労が絶えませぬな。しかし、信濃屋に不審な点はないと存じます。それとも、何か妙なことでもあったのですか」

「今のところはない」

格之進は言った。

「まだ毒殺だと思っておられるのですか」

「当たり前だろう」

「だから、違いますって」

しっかりと否定したが、千代ノ介が否定すればするほど格之進は信濃屋への疑惑を深めてゆくようだ。

「おれは陰謀《いんぼう》を突き止めるまで蕎麦を打ち続けるつもりだ」

妄想を抱いた格之進を止めることはできない。

しかし、探索を続ける前に首にされるのではないかと危ぶんでしまった。ところが、当の格之進は千代ノ介の心配など何処吹く風である。

「千代ノ介。そなたは、しっかりと上さまの周囲に目を光らせねばならぬぞ」

厳しく言い置いてから席を立った。

格之進がいなくなってから、

「旦那さま、うどんはいかがですか」

と、文代が聞いてきた。

うどんか、うどんはいいかもしれない。蕎麦ばかりであったから、うどんはいい気晴らしになるだろう。

「食そうか」

文代はいそいそと台所に戻った。やがて蒸籠に盛られたうどんが運ばれた。

「珍しいうどんだな」

何故かうどんは艶《つや》やかに黒く光っている。太さはばらばらで、長さも大小様々である。

見栄《みば》えはどうあれ、肝心なのは味だ。

箸で摘まんでつゆに浸し口に運んだ。咀嚼すると、

「ううん……」

違和感がする。何だろうこの味は……。うどんの味ではない。

蕎麦だ。

うどんのように太い蕎麦だった。すると、

「格之進さまが、お土産《みやげ》にくださったのですよ」

文代が言った。

格之進手打ちの蕎麦だった。千代ノ介は格之進の奮闘ぶりも合わせて味わった。

格さん、心配でならない。

第二章　死の闘食《とうしょく》

一

二十七日、闘食会を迎えた。

千代ノ介は家斉と共に信濃屋にやって来た。道中、隠密が厳重に家斉を警固してきたが梨本はいない。

「梨本さまは来られぬのですか」

内心ではそのほうがいいと思いながらも尋ねると、

「なにやら、蕎麦を食すると蕁麻疹《じんましん》が出るようになりおってな」

何としても上さまのお供をいたす、と梨本は責任感を示していたが、自分が食べている横で蕁麻疹をかきむしられてはかなわないと、家斉が同行を控えさせたとか。梨本には家斉の蕎麦好きがとんだ災難になったというわけだ。とはいえ、梨本がいないお蔭で羽が伸ばせる。

信濃屋に着くと蕎麦っ食いたちが今か今かと闘食会が始まるのを待ち構えている。店の営業は行われておらず、二階の広々とした座敷で大会は開催された。

「ずいぶんとおるのう」

家斉は頬を火照《ほて》らせ興奮を隠せない。

参加費として伝八に一朱金を払う。財布から家斉の分も出した。一朱金を物珍しそうに眺めた家斉が、

「それは何じゃ」

さすがは将軍さまである。一朱金など触ったことも見たこともないのだろう。

千代ノ介が通貨だと説明すると、ほうそうかと感心してから、

「一両とどちらが値打ちがあるのじゃ」

と、聞く。呆れながらも一両だと答えると、家斉はそれ以上問うことはなかった。金には興味がないのだろう。

家斉が座ったところで助次郎と松右衛門、それに北村平八郎も駆け付けて来た。助次郎が家斉を見つけ、

「こりゃ、川平さま」

「おお、蕎麦の師匠であるな」

「すっかり、蕎麦っ食いにお成りになったようでござんすね」

蕎麦を手繰る真似をする助次郎に、家斉も上機嫌でそうだと応じる。

「周囲の者は名うての蕎麦っ食い自慢、凄《すご》い勢いで蕎麦を食べますのでな。それらの者に合わせて食べると喉に詰まらせたり、すぐに腹が満たされてしまったりしますので、ご注意くださいまし」

松右衛門らしい親切な忠告に、家斉はうなずきながら耳を傾けた。老中や側用人たちから政務の説明を聞くよりも、よほどに大真面目な態度である。

「そうそう、先月、喉に蕎麦を詰まらせて死んだ年寄りが二人いましたよ」

親切心からなのだろうが、北村が付け加えたものだから家斉が目を丸くした。

「特に、こういう闘食会に大張り切りで出場する年寄りが逝《い》ってしまうことがあるんでね。用心しなくちゃいけません」

北村が続けたため、家斉は不安そうに蕎麦を手繰る真似をした。

これで、少しは慎重に蕎麦を食べてくれればと千代ノ介は期待した。

座敷には五十人近くが集まっている。みな爛々《らんらん》と目を輝かせ、何処《どこ》の蕎麦が美味《うま》いだの、この前は何枚食べただのと自慢し合っている。蕎麦のこととなると話題は尽きないようで、聞いているだけで腹が一杯になる。

闘食会の熱気を思ってか窓が開け放たれており、座敷には陽光が満ち溢れている。庭の柿の実が朱色に熟して目に鮮やかだ。

やがて、女中たちが蒸籠を運んで来た。揃って五枚重ねられている。つまり、五枚は最低でも食べねばならないということだ。五枚平らげてから闘いが始まると言ってもいい。

周囲を見回すと、

「ど～も」

という愛想のいい声と共に、蕎麦貫が女中から蒸籠を受け取った。蕎麦を慈《いつく》しむような眼差《まなざ》しで見ている様は、根っからの蕎麦好きであることを伝えていた。

家斉も舌なめずりをして蕎麦に見入っている。

全員の前に蒸籠が置かれたところで、主人の伝八が座敷の真ん中に立った。にこやかな顔でみなを見回し、

「本日は、お集まりくださいましてまことにありがとうございます」

一通りの挨拶をしてから、

「これより、半時（一時間）の間に一枚でも多くの蕎麦を召し上がった方を優勝とさせていただきます。優勝者には金十両を差し上げます」

十両と聞き、部屋の中がざわめいた。家斉がぽかんとしているのは十両の値打ちがわからないからだろう。それに対して助次郎などは、

「十両とは豪気《ごうぎ》だな。よし、闘食会の後は吉原へ繰り出しましょうかね」

などと言いながら懐中から一冊の書物を取り出した。『吉原細見《さいけん》』である。ぱらぱらと捲《めく》りながらどこの見世《みせ》に登楼《とうろう》しようとか、どの太夫《たゆう》の評判がいいなどと御託《ごたく》を並べ始めた。用意がいいというよりは、取らぬ狸《たぬき》の皮算用《かわざんよう》もいいところだ。

「ではみなさん、よろしいですか」

伝八が声をかけた時、東叡山寛永寺《とうえいざんかんえいじ》の昼九つ（正午）を告げる鐘の音が聞こえ、開始が告げられた。

みな、一斉に箸を取った。

優勝を目指す気はなかったが、いざ大会が始まり、勢いよく蕎麦を手繰る音を耳にすると、千代ノ介の胸にも闘志が湧いてきた。

「よし」

己に気合いを入れて蕎麦を摘まみ、一気呵成《いっきかせい》に啜り上げる。

時を置かず、

「蒸籠追加、五枚」

という声が上がる。女中たちも襷掛《たすきが》けで出場者の間を回っていた。すると、

「馬鹿野郎！」

という罵声《ばせい》が聞こえた。

口の中に蕎麦を入れながら声のほうを見ると格之進がいる。女中たちの中に混じって蒸籠を運んでいたのだが、けつまずいて蒸籠を落とし、蕎麦を出場者の頭にかけてしまったのだった。

頭から蕎麦を垂らして憤《いきどお》る男に、

「すみません」

ほうほうの体《てい》で謝《あやま》る格之進に女中たちが失笑を漏らした。てんやわんやの会場である。家斉の様子を窺《うかが》うと、黙々と箸を動かしている。助次郎に教わった江戸っ子流蕎麦の食し方を忠実に守って、つゆにほとんど浸さないで音を立てて啜る。

千代ノ介は自分の蕎麦に集中しようとしたが、蕎麦貫のことが気にかかった。

千代ノ介が五枚を食べ終えたところで、蕎麦貫の目の前には九枚の蒸籠が積んである。

さすがだなと感心していると、

「このどじ野郎」

出場者から罵声を浴びせられながらも、格之進はめげずに奮闘していた。

「五枚くれ」

格之進に声をかけた。

「あいよ」

威勢《いせい》のいい声と共に、格之進は蒸籠を運んで来た。

「はい、五枚」

格之進が五枚の蒸籠を置いたところで、

「格さん、まだがんばっておるのですか」

と囁いた。

格之進は大真面目な顔で、

「おまえの耳には入れておくが、この大会こそが危ない。おれは、この大会の裏で上さま毒殺の陰謀が進んでいると思うのだ」

と、家斉を見た。
「ですが、ここに上さまがいらっしゃることなど、知っている者はおりません
よ」
千代ノ介が返したところで、格之進は言葉を詰まらせた。それもそうだと納得
してくれたとばかり思っていると、
「これはいよいよ恐るべき敵かもしれぬぞ。きっとこの蕎麦屋には背後に大きな
勢力がついておるのだ。上さまを蕎麦に夢中にさせて、しかも上さまの動きを把《は》
握《あく》できる立場の者ということぞ」
却《かえ》って格之進の妄想を煽《あお》ってしまった。
「ちょいと、どじ野郎さん。あたしにも五枚持ってきておくれな」
助次郎が格之進に声をかけてきた。
「あいよ！」
大張り切りで返事をしたところで、格之進は足を滑らせひっくり返った。
「さあ、四半時《しはんとき》（三十分）が過ぎましたよ」
伝八の声がかかった。
蕎麦を手繰る音がより一段と大きくなった。千代ノ介は十二枚を重ねた。家斉

はがんばって五枚を平らげたが、既に調子が落ちている。松右衛門は九枚、北村は十三枚だ。そして助次郎は、

「やっぱりあたしは身体が弱いからね、たくさん食べられるわけないよ。蕎麦ばっかりじゃ飽きちゃうしね」

言い訳を並べながらも十八枚を重ねていた。そして女中に特別に頼んだようでかき揚げが運ばれてきた。

「それ、どうするんだ」

思わず千代ノ介が尋ねると、

「食べるに決まってますよ。一つ柳の旦那もいかがですか」

「いや、結構」

とてもかき揚げなど食べる気はしない。見ているだけで胸焼けがする。かき揚げを食べて蕎麦への勢いをつけようとは、いかにも助次郎らしい魂胆《こんたん》だ。

蕎麦貫はというと、

「ど〜も」

愛想よく女中から五枚の蒸籠を受け取った。既に二十五枚の蒸籠が積んである。五枚を食せば三十枚ということだ。

「さすがだな」

千代ノ介も蒸籠の追加を頼んだ。

二

その後、千代ノ介は蕎麦に集中した。家斉は食欲が満たされ、大会の様子を楽しんでいるようだ。

「千代ノ介、もっと食せ。苦しゅうない。余の分も食せ」

自分の前に置かれた蒸籠五枚を千代ノ介に押しやった。すると、助次郎が蒸籠を自分の前に持って来て、

「あたしが頂きますよ。川平さまはかき揚げを召し上がってくださいな」

自分が取り寄せたかき揚げを家斉の前に置いた。

参加者はみな、勢いをつけて蕎麦を啜る。最早、蕎麦を味わっている者はいない。蕎麦と格闘していた。

「つゆだよ。つゆがないよ」

助次郎は立ち上がり大声を出した。格之進が、

「はいよ、ただ今」

元気一杯に応じて、座敷の隅《すみ》に置いてあるつゆの器を手に持った。ところが中身が空である。つゆを求めて階段を下りて行った。

「早くしておくれな」

助次郎は座り直して蕎麦を啜り始めたものの、つゆがないため食が進まない。

しばらくして、

「うっ」

助次郎に異変が起きた。

苦し気に喉を掻きむしっている。千代ノ介は怖てて立ち上がり、助次郎の背中を力強く叩くと、

「す、すいやせん」

助次郎は返事をしてから、

「ひくっ」

と、しゃっくりをした。

今度は背中をさすってやりながら、

「水、水を持ってきてくだされ」

と、声を張り上げた。しかし鉄火場《てっかば》と化した座敷では大きな声が飛び交ってい

て、女中の耳に届かない。こういう時こそ飛んで来るべき格之進であるのに、座敷に戻ってきた当の本人は、つゆの器を手に右往左往していた。それでも千代ノ介の声に気づいて、やっとこちらに向かって来る。

ところが、不意に立ち上がった蕎麦貫に呼び止められた。

「それ、寄越《よこ》しな」

蕎麦貫は格之進からつゆの器を引ったくった。「ど〜も」という愛想の良さはなりを潜《ひそ》め、さすがの蕎麦貫も焦っているようだ。

「格さん、早く水を頼みます」

千代ノ介が声をかけたが、器を蕎麦貫に奪われた格之進は手ぶらとなり、多忙を極める女中たちの目には怠《なま》けていると映ったようだ。きつい口調で空いた蒸籠の片づけをするよう言いつけられ、

「あっち」

「こっちが先」

などと顎《あご》でこき使わる羽目になった。

格之進の助けが得られないと見た松右衛門はさっと立ち上がり、座敷を抜けて階段を下り、水を取りに行った。ところが動転した助次郎は咄嗟《とっさ》につゆを飲み込

んでしまった。

当然のこと、しゃっくりに加えてむせ返り、つゆの椀を畳に倒してしまった。

ここに至ってようやく、格之進が憤怒《ふんぬ》の形相《ぎょうそう》で走って来る。勢い余って出場者たちを蹴散らし、参加者の中には蕎麦が盛り上げられた蒸籠に顔を突っ込んでしまう者もあった。

「格さん、落ち着いて。単なるしゃっくりですから」

「しかし、血が」

格之進は畳に出来たつゆの染みに目をやった。

「これはつゆですって」

強調したところに松右衛門が椀に入った水と米粒《こめつぶ》を載せた小皿を持って来て、

「水の前に米粒を飲み込みなさい」

と、助次郎に差し出した。助次郎は米粒を口に放り込み、目を瞑《つぶ》ってごくりと飲み込んだ。続いて水をごくごくと飲み干す。

晴れやかな顔になり、

「ああ、びっくりした」

陽気な声で言った。

格之進も助次郎の無事を見てほっとしたようだが、じきに目が不審に彩《いろど》られた。千代ノ介の耳元で、

「この者が食した蕎麦は、本来ならば上さまが召し上がるはずであったな」

いかん、またしても妄想が始まった。

「上さまはご無事です。この者もしゃっくりが収まり――、ご覧ください」

助次郎は既にけろっとしていて旺盛な食欲を見せた。蕎麦を手繰り、家斉に渡したかき揚げもやっぱり自分が食べると箸をつけ、殺気だった闘食会にあって一人楽しんでいる。

食は進まないが、家斉は闘食会の雰囲気が気に入ったようで、にこやかな顔で座っていた。

格之進も安堵したのか、空いた蒸籠の片づけを再開した。

千代ノ介は二十一枚を積み上げた。

もうそろそろ終了する頃合いである。蕎麦貫はどれくらい食べたのだろうと視線を向けると、山のようだ。天井までも届くのではないかと積まれた蒸籠は壮観である。

蕎麦貫で優勝は決まりだろう。

と、思っていると、

「うっ」

今度は蕎麦貫の顔が歪んだ。

なんだ、蕎麦貫でも喉に詰まらせるのかと苦笑を漏らしたところで、苦しみ悶《もだ》え始めた。両目をむき、喉をかきむしってばったりと前のめりに倒れる。その拍子に山と積まれた蒸籠が音を立てて崩れた。

千代ノ介は立ち上がった。

周囲が騒然となった。

格之進が水の入った椀を持って走ってきたが、今度こそ毒を盛られたという事態に気づき、衝撃で椀を落としてしまった。

蕎麦貫は血を吐きながら突っ伏した。伝八が驚いてやって来る。北村も駆けつけて来て、

「毒だ。毒を盛られたんだ！」

と、叫んだ。

出場者の間から悲鳴があがり、あちらこちらで積んである蒸籠が倒れた。女中たちもすっかり浮足立ってしまった。北村が、

「誰も座敷から出ちゃあいけねえぞ。出て行った奴《やつ》が下手人《げしゅにん》だと見なすぜ」

変事出来《へんじしゅったい》に際し、北村は頼りがいがある。腰の十手《じって》を抜き頭上に翳《かざ》す姿は、さすがは八丁堀同心だ。北村は伝八に大会を中止するよう求めた。伝八は言われるままに大会の中止を告げた。

不満を口にする者はいない。いないどころか、みな箸を止めて黙り込んでしまった。千代ノ介は北村にこの場を任せ、家斉の隣に戻った。

「不測の事態じゃのう」

家斉もさすがに危機感を抱いている。

「上さま、幸い南町の同心がおります。その者がこの場を仕切ります。しばし、お待ちください」

「苦しゅうない。よきにはからえ」

家斉は言った。

助次郎に視線を向けると、

「とんだ騒ぎになったもんだね。だから、あたしは来たくなかったんだよ。大体、病弱のあたしは食が細いんだからさ、闘食会なんて向いていないんだって。一つ柳の旦那が無理に誘うから」

嘆きながらも蒸籠は三十七枚だった。

格之進がやって来て千代ノ介に耳打ちをした。座敷の隅に来いと言う。ここは格之進に暴走してもらいたくはない。だから釘を刺しておくには丁度いい。

「格さん、これは上さまの毒殺とは無関係ですからね」

千代ノ介が言うと、

「いや、まごうかたなく、上さま毒殺を狙った者が誤ってあの行商人に毒を盛ったに違いない」

信じ切っている格之進である。

「ですが、毒は行商人のつゆに入れられたのではないのですか」

「だからだ」

思わせぶりな格之進である。

「下手人はつゆを上さまに持って行こうとして、間違って行商人の所に持って行ったのだ」

「上さま毒殺を狙う者が、上さまとあの行商人を間違えるとは思えませんがね」

千代ノ介は横を向いた。

「いや、間違いない」

主張を曲げない格之進である。

「格さん、確かな証《あかし》もないうちに妙な勘繰《かんぐ》りはやめておきましょうよ」

懇願せんばかりの千代ノ介に対して、

「勘繰りではない。まあ、おれに任せろ」

格之進は女中たちに下手人がいると睨んだ。

「なるほど、女の隠密か」

眦《まなじり》を決して女中たちを見回した。北村は女中たちに話を聞き、更には伝八や蕎麦貫の周りにいた者たちにも聞き込みを始めている。伝八は職人たちを集めた。つゆに毒が混入された可能性を北村も探っているようだ。

と、北村がこちらに向かって歩いて来る。表情は硬く、練達の八丁堀同心の匂いをぷんぷんと発散させていた。

千代ノ介に語りかけてくるものと身構えたところ、

「ちと、話を聞かせてくれ」

北村は格之進に声をかけた。

格之進も向き直る。

婚礼の席で顔を合わせているのだが、信濃屋の奉公人だと信じ切っているせいか、北村は格之進に気づいていない。

「おまえさん、殺された行商人の貫太につゆを持って行ったそうだな」

北村の問いかけに格之進は口をあんぐりとし、千代ノ介も啞然《あぜん》とした。

そうだ。

思い出した。

格之進はつゆの入った瀬戸物の器を家斉に持ってこようとした。それが、蕎麦貫が横から、

「それ寄越しな」

と呼びつけたために、格之進は蕎麦貫に持って行ったのだった。格之進も思い出したのだろう。決してやましいことではないのに、

「いや、あれは、その」

しどろもどろになってしまうのが格之進の気の弱いところだ。もちろん、両目は激しく瞬かれている。

北村は畳みかけるように、

「女中たちや周りの者から、おまえさんの動きは怪しいという声が上がっておるのだ」

なるほど、格之進を知らない者から見れば、いや、千代ノ介の目から見ても挙動不審だ。

「どうなのだ。おまえが毒を盛ったのではないのか」

北村に責められ、

「いや、断じてそんなことはしておらぬ」

思わず侍《さむらい》口調で格之進は返してしまった。これが北村の疑いを深めることになった。うろんな物を見るような目になって、

「盛ったんだろう」

と、繰り返す。

格之進の両目が大きく見開かれ暑苦しい形相となった。

「北村さん、この者を疑うのはわかるが、他にも不審な者はおるのではないか。それにこの者は、ずっと蒸籠やつゆを運んでおった。しかも、非常に粗忽《そこつ》で蒸籠をひっくり返したり、転倒したり、とてもではないが毒を盛るような敏捷《びんしょう》さには欠けると存ずる」

千代ノ介が間に入ったが、

「しかし」

北村は疑いを捨てきれないようだ。

格之進はむっつりと口を閉ざした。

三

最早どうでもいいことではあったが、無事終わっていたのなら蕎麦貫がぶっちぎりの優勝を遂げていたに違いない。

蕎麦貫はあの時点で四十一枚の蒸籠を積んでいた。おそらくは五十枚まで達していたことだろう。

ところが伝八に確かめてみると、

「実は蕎麦貫さん、危なかったんですよ」

伝八は声を潜めると、会場の隅に視線を向けた。座敷の隅には娘がちょこんと座っている。その前には蒸籠がうず高く積んであった。

「凄いな」

蕎麦貫にも負けぬ量である。千代ノ介が勘定を始めたところで、

「四十枚ですよ」

伝八が言った。

「四十枚か」

感嘆のため息を吐いてしまった。娘はけろっとしている。愛くるしい顔と山のように重なった蒸籠がいかにも不似合いだ。

「何者なのだ」

伝八に問いかけると、

「さて、初めてお見かけします。一見しますと、お武家さまのお嬢さまのようですが」

「確かに何処かの武家の妻女のようだな」

武家の娘が蕎麦を食べないということはない。しかし、闘食会に出場するとなると極めて珍しい。

北村は出場者を一人一人確かめてから、帰ってよいと言い渡した。

あの娘が蕎麦貫を殺したとは思えないが、素性を確かめたくなった。

「蕎麦貫さん、相当意識してみたいですよ」

伝八は言った。

「娘のことをか」

伝八によると、闘食開始前、蕎麦貫は自分の競争相手は誰かを気にしていた。

それで周囲に敵はいないとわかると、悠然《ゆうぜん》と自分の調子で蕎麦を手繰っていたのだが、闘いが進むにつれ、娘が自分を猛追するほどの勢いで蕎麦を平らげていることに目を見張り、焦っていたそうだ。

梨本が手配したのだろう。

信濃屋の裏口に家斉を出迎える駕籠《かご》が付けられた。千代ノ介は家斉を駕籠に乗せてから座敷に戻った。

丁度娘が出て行くところだ。

千代ノ介は少し間を取って尾行《びこう》した。

四十枚も蕎麦を食べたとは思えぬような軽やかな足取りで娘は進んで歩いて行く。対して千代ノ介は満腹のために足取りが重い。帯を緩《ゆる》めて片腹をさすりながら、娘を見失わないように雑踏《ざっとう》に身を任せた。

娘は根津権現の門前町を抜け、上野寛永寺を左手に見上げながら、心持ち足取りを速めた。腹の痛みが増してきたが、歯を食い縛ってついて行く。

不忍池《しのばずのいけ》を左に、やがて池之端《いけのはた》へと達した。

娘は池之端の人込みに足を踏み入れた。着物や小間物《こまもの》でも探すのだろうか。いかにも娘らしいと思っていると、娘の足が止まった。

と、思ったら暖簾《のれん》を潜る。

なんと、蕎麦屋である。

また蕎麦か。

正直、つゆの匂いを嗅《か》いだだけで胸焼けがしそうだ。一体、何しに蕎麦屋になんぞ入って行くのだ。いや、蕎麦を食べるのだろう。それ以外に蕎麦屋に用はない。

「おいおい……」

入るのが躊躇《ためら》われたが、娘への好奇心が勝《まさ》って千代ノ介も中に入った。

娘は小上《こあ》がりで正座をしていた。

少し離れて座った千代ノ介に、女中が注文を取りにきた。反射的に、

「盛り蕎麦」

「何枚召し上がりますか」

「あ、いや、三枚」

返事をしてから一枚にしておくべきだったという後悔が、げっぷと共に胸を突

き上げた。

娘の前に蒸籠が五枚重ねられた。

「なんだ、おい」

声を出して慌てて口を手で塞《ふさ》いだ。娘は表情を変えることも姿勢を崩すこともなく、つゆと箸を取って蕎麦を摘まんだ。そのまま口に運ぶ。特別に勢いがあるわけではないが、食べる調子を落とすことなく黙々と平らげてゆく。

そのうち、千代ノ介の前にも三枚の蒸籠が置かれた。

「うう」

立ち上る蕎麦の香に鼻が歪んでしまう。とてものこと、食べる気が起きない。しかし、蕎麦屋に入って一箸もつけないのは怪しまれると自分を叱咤《しった》して蕎麦を箸で摘まみ、つゆに浸して口に運んだ。

啜り上げることはできない。口の中で何度ももぐもぐと咀嚼し続ける様は、するめを食べているようだ。

千代ノ介が一枚の蕎麦にもたもたとしているうちにも、娘は五枚の蒸籠をぺろりと平らげてしまった。

凄い、という思いと、娘が食べ終えて自分も蕎麦から解き放たれるという安堵

を抱いた。ところが、

「五枚追加、お願いします」

無情にも娘は女中に声をかけた。

啞然とした。

信濃屋では四十枚を平らげた。この店で十枚を食べようとしている。すなわち、五十枚を食べることになるのだ。

千代ノ介の驚きなど当然ながら娘は知る由《よし》もなく、すました様子で蕎麦を待った。うら若き娘が独りで蕎麦を食べるなど物珍しい光景である。男ばかりの店内にあって浮いているのだが、誰も声をかけようとはしない。一種の威厳のようなものを漂わせ、寄せ付けない雰囲気があった。

五枚の蒸籠が置かれた。

娘は表情を変えることなく、再び蕎麦を食べ始めた。

「お客さん、伸びてしまいますよ」

せっかくの蕎麦に箸をつけようとはしない千代ノ介に女中が声をかけてきた。

「既に二十枚も食べたからな」

「ええ⁉　二十枚ですか？」

女中は戸惑いの声を上げた。

「あ、いや、その、腹の具合がよくなくてな」

苦しい言い訳をすると、

「厠は裏にありますよ」

親切にも女中は教えてくれた。その間にも娘は悠然と蕎麦を食べ続ける。

何者だ。

ただの武家娘とは思えない。蕎麦好きの娘はいるだろう。大食いの娘もいるだろう。しかし、この蕎麦の食べっぷりは、単なる蕎麦好きとは違う何かを感じる。まるで一つの道を究《きわ》めようとしているかのような。

蕎麦道《どう》。

そんなものがあるはずはないのだが、娘の食べっぷりは蕎麦道とでも言いたくなるような威厳と、求道者の禁欲を醸《かも》し出していた。大量に食するのに禁欲とは矛盾《むじゅん》しているのだが、違和感がない。

まったく不思議な娘である。

目が離せなくなった。この娘の一挙手一投足《いっきょしゅいっとうそく》を見落とすまいと目を凝らす。

銭を取れそうだ。

やがて、娘は十枚、すなわち信濃屋と合わせて五十枚を食べた。完食してからも、一切《いっさい》の表情に変化はない。

茶会にでも出席したかのような清楚な雰囲気ですっくと立ち上がる。まるで鶴が降り立ったかのようだ。

「お勘定お願いします」

声音《こわね》にもぶれはない。

店内のあちらこちらから感嘆のため息が聞こえた。

よし、正体を突き止めてやる。

四

娘は勘定を済ませて蕎麦屋を出た。

すれた感じがしないのは、武家の娘だからというよりは、あまりにも美しい蕎麦の食べっぷりを見届けたからであろうか。

背筋がぴんと伸びた後ろ姿からは、蕎麦を五十枚も平らげる様子は想像できない。

池之端の往来を抜け、豪壮な七堂《しちどう》伽藍《がらん》の甍《いらか》が軒を連ねる寛永寺の威容を見上げながら下谷方面に進む。下谷の町中に踏み入れると奥に進み、やがて武家屋敷に達した。

練塀《ねりべい》に囲まれた敷地は三千坪はあろうか。長屋門《ながやもん》が構えられ、大身の旗本屋敷であることは間違いない。娘は長屋門脇の潜《くぐ》り戸《ど》から屋敷の中へと入って行った。

道行く者に尋ねると、直参《じきさん》旗本寄合席《よりあいせき》五千石戸川大炊ノ介元久《とがわおおいのすけもとひさ》の屋敷だとわかった。娘の容貌《ようぼう》を伝えて素性を確かめると、戸川の娘で伊代《いよ》と知った。寄合席とは三千石以上の大身旗本のうち、非役である者を称する。非役とはいえ、戸川家は三河《みかわ》以来の名門である。千代ノ介も戸川家の武名《ぶめい》は耳にしたことがある。

家祖戸川元直《もとなお》は神君《しんくん》徳川家康《いえやす》に従って各地を転戦し、関ヶ原《せきがはら》の戦いの功により千石の旗本に取り立てられた。大坂《おおさか》の陣では家康本陣を守る一人として参陣し、真田《さなだ》勢の奇襲で混乱する本陣にあって、家康を守り銃弾に斃《たお》れた。この功により息子元継《もとつぐ》が五千石に加増され、家康より末代に亘《わた》って家禄を保証するお墨付きを得た。

そんな名門旗本の娘が蕎麦貫をも脅かす蕎麦っ食いとは、どうしたって結びつかない。

といっても人はそれぞれ。思いもよらぬ裏の顔を持つことは珍しくはない。たとえ度外れの蕎麦好きであったとしても不思議はなく、裏の顔とまでは言えない。この世には風変わりな人間がいるものだと思い直した。

少なくとも、蕎麦貫の死とは関係ないだろう。

結局、格之進は証拠不十分ということで罪に問われることはなく、毒殺の下手人もわからず仕舞《じま》いであった。

家斉から蕎麦貫を殺した者を探し出すよう命じられている。自分の目の前で毒を盛られたとあってはいい気分はしないのだろう。むろん望むところである。

思わぬ事件に遭遇《そうぐう》してから、まこと夢のような時が過ぎた。その晩、さすがに、夕餉《ゆうげ》を食するのは多分に困難が伴った。文代は、

「旦那さま、いかがなさいましたか」

普段には見せない食欲のなさに気を回している。

「何もない」

「どこか、お身体が悪いのではございませんか」

「そんなことはないぞ」

元気であることを示すために笑みを浮かべて見せた。

「でしたらよろしいのですが」

文代は納得できないようだが、

「いや、美味い。文代は近頃、料理の腕を上げたな」

「まことですか」

顔を輝かせる文代に内心で詫びた。ついつい、口から出任せで誤魔化《ごまか》してしまった。こういうところは世渡りを覚えたということか。それとも、生来《せいらい》お調子者なのか。

明くる二十八日、芝飯倉神明宮《いいくらしんめいぐう》近く三島町に足を向けた。この辺りは絵草紙屋が軒を連ね、助次郎の店、恵比寿屋もそうした一軒である。

恵比寿屋の暖簾を潜った千代ノ介の顔を見るなり、

「驚きましたね、一つ柳の旦那」

屋号どおりの恵比寿さまのような風体の助次郎が、信濃屋での蕎麦貫の死を持ち出した。

店に上がり、帳場机を挟んで助次郎と向かい合う。

「まったくだ」

千代ノ介もうなずく。

「ひょっとしたら、あたしが死ぬところだったかもしれないですよ」

助次郎は脇に置いた火鉢《ひばち》をかかえるようにして手を翳した。鉄瓶《てつびん》が湯気を立て、かたかたと音をたてている。

「蕎麦貫を狙ったものであろう」

「そうですかね」

助次郎が両手をこすり合わせたところで、

「御免よ」

と、北村が入って来た。千代ノ介に軽く会釈《えしやく》をしてから、

「寒い、寒い」

と、背中を丸めて火鉢で両手を炙《あぶ》った。助次郎が茶を淹《い》れると、懐中から竹の皮に包んであった今川焼《いまがわやき》を差し出した。助次郎の顔から笑みがこぼれた。

「こっちは寿命が縮みましたよ。この分だと、年を越す頃には命尽きてしまうかもしれませんやね」

言いながら助次郎は今川焼をぱくついた。ものの三口で一個を食べ、口の中に

まだ残っているにもかかわらず二個目に手を伸ばす。

「おい、一人で全部食べる気か」

北村の抗議に助次郎は、

「ああ、そうか」

と、一口食べてから千代ノ介に差し出した。

助次郎の歯型が残った今川焼を見て、千代ノ介は、

「わたしはいらん」

「一つ柳の旦那は、甘いものは苦手でしたね」

千代ノ介の返事を待つことなく、助次郎は今川焼にかぶりついた。甘いものが嫌いだと言った覚えはないと内心で毒づき、北村を見る。北村は小さくため息を吐き、

「どうにも毒の出所がわからないんですよ」

毒は蕎麦貫に用意されたつゆに盛られたと推察された。蕎麦に毒が仕込まれることはあり得ないからだ。

ところが蕎麦貫に用意された器のつゆからは毒が見つからなかった。信濃屋の板場にも毒などなかった。蕎麦もつゆも入念に調べられたが、発見できなかった

という。

信じていいだろう。

もし、板場のつゆに毒が仕込んであったなら、蕎麦貫ばかりか出場者の何人もが毒死したに違いない。

「ならば、椀の中に混入されたということか」

千代ノ介が思考を巡らしている間にも助次郎は二個目の今川焼を食べ終え、三個目を手にしたところで北村に食べるかと目で聞いた。北村は手を振っていらないと示してから千代ノ介に、

「椀のつゆは畳にこぼれていたんですがね、毒はないようだって医者は診立《みた》てました」

すると不意に、

「じゃあ、何処に毒が入っていたんですよ」

助次郎は尋ねた。口の中は今川焼で一杯であるが、どうにか聞き取ることはできた。助次郎に指摘されるまでもなく、蕎麦貫はどうやって毒を盛られたのだろうか。

「そこが悩みの種ってもんでしてね」

北村が苦々しげな顔をする。

「誰かがそっと近づいて椀の中に入れたんですって」

自信満々に言う助次郎に、

「そうかもしれんが、女中や奉公人、出場者がそっと蕎麦貫の背後に立つというのは無理な気がするぜ。第一、そんな怪しい真似をされたら蕎麦貫だって気がつくだろう」

北村の疑問はもっともだ。

さすがに助次郎も、それもそうだと腕を組んだ。それからしばらくして、はたと手を打った。

「南部《なんぶ》の蕎麦ですよ」

得意げな助次郎だが、千代ノ介は意味がわからず北村と顔を見合わせた。

「御隠居に聞いたんですがね、奥州《おうしゅう》の南部さまの御領内で食される蕎麦は一風変わってるそうなんですよ」

南部領内では、椀に盛られた蕎麦を食べ終えると、背後に立つ給仕の者から蕎麦を投げ入れられるという。もういらないと断わるまで蕎麦は椀に入れられる。

「ですから南部の蕎麦の要領で蒸籠に蕎麦を投げ入れられたんでさあ。下手人は南部出の女中で決まりですよ」

　助次郎の迷推理に、

「南部出の女中なんぞはおらん」

　北村は鼻で笑った。

　それでめげる助次郎ではない。

「素性を偽《いつわ》っているんですよ。訛《なま》りを確かめればわかるってもんです」

「南部からわざわざ江戸の蕎麦屋に奉公に来て、蕎麦貫に毒を盛ったというのか」

「そうですよ」

「一体、何のために」

「そりゃ……」

　再び思案をしてから、「何のためでしょうね」と首を傾げた。千代ノ介が、

「何故、蕎麦貫は殺されなければならなかったのか。少なくとも金目当てではあるまい。金目当てなら蕎麦貫が優勝してから殺すだろうからな」

「するってえと、恨みってことですか」

　助次郎の問いかけにうなずいてから、

「蕎麦貫がどんな男なのか調べる必要があるのではないか」

千代ノ介は北村に言うと、北村も心得たもので、目下《もっか》素性を洗っているところだと言う。

「ところが、住まいがわからないですし、身内も不明とあっては、ちょっと面倒ですね」

「信濃屋の常連なんだな」

「常連には違いないんですが、ただやって来て蕎麦を食べ終わるとさっと帰って行くっていうだけですから、伝八や職人、女中たちの誰もがよく知らないんですよ」

「手がかりはないのか」

「信濃屋ではやっていなかったんですが、賭けていたそうなんです」

「賭けていたとは」

「蕎麦賭けです。たとえば、何処かの蕎麦屋で蕎麦貫が盛り蕎麦を二十枚食べられるかどうかを客と金一分賭けるんですよ。食べられたら蕎麦貫が一分を受け取り、食べられなかったら一分を蕎麦貫が客に支払うというわけで、三十枚なら二分、四十枚で金一両という相場で蕎麦貫は蕎麦賭けをやっていたそうですよ」

蕎麦貫は、愛想よく、「ど〜も」と挨拶しながら蕎麦屋の客を取り込み、次々と蕎麦賭けに勝ったそうだ。

助次郎が今の話を受けて、

「これが本当のかけ蕎麦ってわけだ」

と駄洒落《だじゃれ》を飛ばし、かけ蕎麦を啜る真似をして見せた。千代ノ介と北村がくすりとも笑わなかったため口をつぐんだ。

「蕎麦貫が蕎麦賭けをやっていたというのはどうしたわけだろうな」

助次郎が考えることもなく、

「そりゃ、無類の蕎麦好きだからに決まってますよ。好きなもんで金儲《かねもう》けができるんなら、こんないいことはありませんや」

もっともだが、果たしてそれだけだろうか。

「ともかく、蕎麦貫の素性を手繰りますよ」

助次郎に乗せられたのか、北村も駄洒落めいたことを言った。

「わたしも手伝う」

千代ノ介の申し出に、北村は遠慮する素振《そぶ》りを見せたが、

「いいじゃござんせんか。一つ柳の旦那は暇を持て余していらっしゃるんだか

ら」

　助次郎らしい無遠慮な言葉に苦笑を漏らしながらも、

「そういうことだ」

「なら、お言葉に甘えますか。これから、蕎麦屋と蕎麦貫が薬の行商人だったということで、薬種問屋を回ります」

「では、蕎麦屋を引き受けよう」

　蕎麦屋を引き受けた背景には伊代の存在がある。何となくではあるが、また会えそうな期待を抱いた。

「あたしも探索をお手伝いしたいところなんですが、なにせ身体が弱いもんで」

　抜け抜けと助次郎は断りを入れた。

「わかった、わかった。気持ちだけ受け取っておく」

　北村は当てにしていないとばかりにあくびをした。

「さて、早速参るか」

　千代ノ介は立ち上がった。

五

蕎麦屋への聞き込みを行った。

まずは、芝界隈の蕎麦屋に的を絞って回った。蕎麦貫の名前を出し、賭け蕎麦について尋ねる。しかし、蕎麦貫を知る者はいなかった。

そうそう簡単に蕎麦貫に行きつくのは虫が良すぎるだろうと自分に言い聞かせて今日のところは探索を終えた。

あくる二十九日、江戸城中奥の御堂に出仕した。家斉はいつになく険しい顔で、

「行商人に毒を盛った者はわかったか」

といきなり問うてきた。

「まだでございます」

千代ノ介が答えると梨本もいかめしい顔になった。梨本が、

「その下手人、まこと、行商人を殺すことが目的であったのだな。よもや、上さまのお命を狙った企てではないのだな」

梨本までが格之進のようなことを言ったのに内心で失笑を漏らし、

「断じてございませぬ。上さまが信濃屋の闘食会に御出場なさることを知る者はおりませぬ」

強く千代ノ介が否定すると、

「それもそうだな」

梨本は納得してくれたが、問題なのは格之進である。

「ともかく、蕎麦を食べる最中に毒を盛るなど無粋じゃ」

家斉はすっかり蕎麦に魅了されたようである。よほど腹が立ったのか、渋面を作って出て行ってしまった。

残った梨本に、

「ところで、戸川大炊ノ介さまを御存じですか」

梨本はどうしてそんなことを聞くのだというような顔をした。隠し立てはできないと、闘食会に出場した伊代を尾行したことを話し、

「戸川家について興味を抱きました」

「戸川殿はまこと、武士らしい武士とでも申そうか」

梨本によると戸川大炊ノ介は武芸に優れ、学識もある。本来なら幕府のしかる

べき役職に就いてもいいのだが、名門の誇りが邪魔しているそうだ。

「信濃国諏訪湖《すわこ》近くにある戸川村がそもそもの先祖の出ということで、神君家康公が大坂の陣での功に報《むく》いんと戸川村を領地として下賜《かし》されたのじゃ」

「戸川さまの姫君は御存じですか」

「はて、そこまでは知らぬが」

梨本は首を捻った。

戸川伊代への興味は増す一方だ。


月が替わって神無月《かんなづき》の一日《ついたち》。神田《かんだ》界隈の蕎麦屋を回ったところ、三軒目で蕎麦貫を知る者と出会った。男は銀次《ぎんじ》という大工の棟梁《とうりょう》である。

「蕎麦貫、死んじまったんですってね」

銀次は読売《よみうり》で蕎麦貫の死を知ったそうだ。

「蕎麦貫を見知っているのだな」

「知ってまさあね。あいつはね、ずるいんだ。そりゃ、人は死ねば仏さまですから悪く言っちゃあいけねえとは思うんですがね。あいつは、どうもね」

言い訳じみたことを並べてから、銀次は蕎麦貫との交流について語った。今から半年ほど前のことだったそうだ。

「この店にふらっと入って来たんですよ。ど～も、なんて愛想笑いを浮かべながらね」

行商人らしくまったく警戒心を抱かせないような、それはもう人懐《ひとなつ》っこい笑顔であったそうな。銀次は大工仲間と一杯やりながら蕎麦を食べていた。

「ちょうどお侍がお座りになっていらっしゃる辺りに腰を下ろしまして、蕎麦を食べ始めたんですよ」

にこにこ笑いながら蕎麦を食べ始めた。最初はなんのことはなく、特に注意を引くことはなかったが、

「十枚を重ねたところで仲間が騒ぎ始めましてね」

銀次たちは酔いも手伝って、蕎麦貫を囃《はや》し立てるようになったそうだ。蕎麦貫はにこにこ笑いながら十五枚を食べた。よく食べるなと感心していたところ、

「二十枚、食べられるかな——なんて言いながら、あいつは自分の腹をさすったんですよ」

銀次は面白くなって、二十枚食べたら蕎麦代を驕《おご》ってやると持ち掛けたのだそうだ。

「ええっ、食べられますかね、なんて情けない顔をしやがったんですがね。そうしたら仲間たちも面白がって、やれやれって」

蕎麦貫は、「食べられるかな」と繰り返しながら、とうとう二十枚平らげてしまったそうだ。

「ど〜も、なんて言いながら二十枚目もぺろりでしたよ」

銀次は約束どおり蕎麦の代金を払ってやり、蕎麦貫の愛想の良さに好感を抱いて一緒に酒を酌《く》み交《か》わしたそうだ。そのうちに、

「二十五枚食べられるかって話になりましてね」

じゃあ、今度は二十五枚食べられるかどうかで賭けるということになった。

「蕎麦貫のほうから、食べられなかったら一分《いちぶ》払います。食べたら一分ください。ってことになりましてね」

三日後、蕎麦貫はこの店で見事二十五枚を平らげたという。賭けに負けた銀次は一分払ったそうだ。

「こうなりますと、段々数が増えてくるもんでして」

銀次たちは三十枚、二分で次回も賭けをやり、蕎麦貫に二分を持っていかれた。

「蕎麦貫の奴、ど〜も、なんて言いながら酒を驕ってくれたんですよ」

そして、場がほぐれたところで、

「ひとつ、儲けませんか」

と、話を向けてきたそうだ。銀次が訝《いぶか》しむと、

「客を集めてくださいって言うんですよ」

つまり、蕎麦貫が蕎麦を食べられるかどうかで賭け金を出す客を集めてくれというのだった。銀次には蕎麦貫が賭けで勝った金のうち、一割をやると言ったそうだ。

ど〜も、などと愛想のいい笑顔で持ち掛けられると、銀次もその気になった。

「で、あっしの出入り先のお店《たな》の旦那とか、旦那の知り合いとかを集めて賭けをやろうとしたんですが、そこが蕎麦貫のずるいところで」

三十枚はぺろりという実力でありながら、

「小出しにって言いますか、あいつ、十枚いけるかどうかって、十枚一分、二十枚二分、三十枚一両って賭け金を設定しやがって」

それで、蕎麦貫はこの店で何人も鴨《かも》にしたのだそうだ。悪党とは言わないが、小ずるいことは確かだ。そうやって小銭を稼いでいたのだろう。蕎麦貫とはそう

いう男であった。しかし、だからといって殺されるほどの恨みを抱かれるとまでは思えない。

「蕎麦貫は薬の行商人ということだったが、何処に住んでいたのだろうな」

「決まった住処《すみか》はないって言ってましたね。何しろ、年中旅暮らしだってことで。江戸にいる時は旅籠《はたご》暮らしだって」

「旅籠はどこかわかるか」

「馬喰町《ばくろちょう》の旅人宿でしょうけど、何処かまでは知りませんね。それに聞いたこともなかったですし」

馬喰町の旅籠を当たるとしよう。

「よっぽど蕎麦が好きだったのだろうな」

「でしょうね。で、聞いたことがあるんですよ」

銀次はたくさんの蕎麦を食べるこつを聞いたのだそうだ。

「そうしましたらね、蕎麦の神さまにお祈りするんだって蕎麦貫の奴は言ったんですよ」

「蕎麦の神さまとは」

「あっしも冗談だと思ったんですが、蕎麦貫は大真面目に蕎麦の神さまに参拝するんだって言ってましてね」

蕎麦貫によると、蕎麦の神さまを祀《まつ》る神社があるのだそうだ。

「何処にあるのだ」

「下谷だってことでしたね。その神社に詣《もう》でて蕎麦の神さまに、今日もたくさんの蕎麦を食べられますようにって、祈るんだそうですよ。そうしたら蕎麦の神さまの御利益《ごりやく》でもって、蕎麦をたくさん食べられるって寸法だとかで」

銀次は言った。

「下谷にそんな神社があったのか」

「あっしも記憶にねえが、別に参拝《さんぱい》したいって思いませんでしたんで、詳しく尋ねることはしませんでしたがね」

銀次は言った。

下谷といえば、戸川の屋敷がある。偶然だろうか。

「すまないな」

礼だと一分金を手渡してから蕎麦屋を出た。

その足で下谷の神社を探した。道行く者に尋ねたが誰も知らなかった。下谷から上野に足を延ばしても、やはり見つからなかった。

蕎麦の神さまとは一体、どんな神さまなのだろう。蕎麦貫が信仰し、その御利益によって蕎麦をたくさん食べることができるとは、八百万《やおよろず》の神の中には風変《ふうが》わりな神さまがいるものである。

家に帰ることにした。

木枯《こが》らしが身に沁みる。こういう晩は熱々の鍋でも食したいところだが、文代はうまく作ってくれるだろうか。

第三章　蕎麦の神

一

結局、蕎麦の神さまのことはわからなかった。ここは博識の松右衛門に聞いてみようと日本橋本町《にほんばしほんちょう》にある松右衛門の店を訪ねた。

間口二十間、瓦《かわら》が葺《ふ》き直されたばかりの屋根が秋日を弾き、元禄十三年（一七〇〇）創業の看板が立てかけられている。百三十年の伝統を誇る老舗《しにせ》の薬種問屋は、まこと松右衛門にふさわしい落ち着いた佇《たたず》まいである。

暖簾《のれん》を潜り手代の一人に名を告げると、松右衛門は母屋《おもや》にいるという。通り土間を奥へ歩き、店を突っ切ると庭と母屋があった。小判形の池があり、鯉《こい》が泳いでいる。水面《みなも》には色づいた紅葉が浮かんでいた。

庭に面した居間で向かい合った。

「一柳さまも蕎麦貫殺しを探っておられるのですか。大変でございますな」

「なに、暇な身ゆえのことだ」

自嘲《じちょう》気味な笑みを漏らす。松右衛門は好々爺然《こうこうやぜん》とした笑みをたたえた。

「目下、蕎麦貫の素性を探っておるのだが、浮上してきたのが、蕎麦の神さまなのだ」

「蕎麦の神さま……」

心当たりがないのか、松右衛門は首を捻《ひね》った。

「下谷にあるらしいのだが、何処を探しても蕎麦の神を祀《まつ》った神社などない。蕎麦の神を祀る神社に御隠居は心当たりないかな」

「薬の神さま、五穀《ごこく》の恵みをもたらす神さまというものは唐土《もろこし》より伝わっておりますが、蕎麦の神さまとなると」

博識な松右衛門にも見当がつかないようだ。

「蕎麦をたくさん食べられることが御利益ということだが」

「神頼みで蕎麦をたんと食べられるものでしょうかな」

松右衛門は疑わしそうに眉間に皺を刻んだ。鰯の頭も信心からというが、千代ノ介も祈っただけで大量の蕎麦が食べられるとは思えない。神さまの御利益があると信じれば食べられるものでもなかろう。気持ちはあっても胃の腑《ふ》が堪《た》えられまい。

「とすると、大食いのこつは何であろう」

「さて、どうでしょうな」

「たとえば、薬などあるのかな、大食いできるようになる薬が。蕎麦貫は薬の行商人ということだったが」

「蕎麦に限らず、大量に物を食べることができる薬など、聞いたことがありませんが、胃の腑に収まった食べ物をいち早く溶かす薬については言い伝えがございます」

松右衛門によると、信州の山奥に生えている野草だそうだ。詳しく聞きたいと千代ノ介が頼むと、

「蟒草《うわばみそう》と申します。蟒蛇は獲物を呑《の》むと、たちどころに腹の中で溶かしてしまいます。鹿《しか》であろうと人であろうと、あっと言う間だそうです。これは蟒蛇が信州の何処かに群生する野草を食べているからだというのですな。つまり、蟒蛇が獲物を溶かすことができるのは、その野草を食べているからというわけでして」

信州の山奥に生えている野草を手に入れれば、蟒蛇のようにいかなる食べ物もたちどころに消化できるということだ。蕎麦貫は蟒草を手に入れ、いくら蕎麦を食べようが胃の腑で溶かし、腹が膨れることなく蕎麦を食べ続けられたのだろうか。

「その蟒草、御隠居のお店では商っておるのか」

「いいえ、うちでは扱っておりませんし、江戸の薬種問屋で扱っておる店はわたしの知る限りありませんな。あくまで言い伝えでしかない薬ですからな」

伝説上の薬ということか。

ひょっとして蕎麦の神さまを祀る神社に伝わっているのだろうか。蕎麦貫はそれを知って神社に参拝していたのではないか。

ありえそうだが、肝心の蟒草が実在するかどうかもわからない以上、迂闊に結論づけられない。

「御隠居は蟒草がまことにあると思うか」

「ないでしょうな」

松右衛門は即答した。

「それはまたどうしてかな」

「蟒蛇自体が実際の生き物なのかどうかわからないですわな。たとえば、河童《かっぱ》や龍《りゅう》のようなものだとわたしは思います」

龍、麒麟《きりん》、大百足《おおむかで》、鬼などと同様に蟒蛇なども人がこしらえた想像の生き物でしかない以上、野草も存在しないと松右衛門は断じた。

「なるほど、理屈は通っておるな。しかし、蟒蛇はおらずとも、蟒草そのものはあるかもしれんではないか」

敢《あ》えて疑問を呈した。

「始皇帝《しこうてい》の昔より不老不死の妙薬というものがあると信じられておりますが、結局は何処にもありませんな。人は誰もが歳を取りますし、いつかは死にます」

「薬のお陰ではないとすると、蕎麦貫が蕎麦を大量に食べることができたのは、やはり根っからの蕎麦好きゆえということか」

薬に頼らなくとも蕎麦をたくさん食べることはできる。現に戸川伊代も、娘だてらに五十枚を平らげた。

「蕎麦を大量に食せることは置いておくとして、蕎麦貫はいかにして毒を盛られたのであろう」

千代ノ介は北村から聞いた、蕎麦貫に用意されたつゆの器からは毒が見つから

なかったことを話した。松右衛門はしばし黙考の後、

「まったく、謎めいておりますな。ただ、こういう毒の盛り方があるそうです」

と、紹介したのは古《いにしえ》の羅馬国《ローマこく》に伝わる毒殺方法であった。

小さな椀に毒を混ぜた水を入れ、その椀を振って、殺そうとする者の飲み物に毒入り水を投げ込むというものだ。

「つまり、つゆの入った椀に毒を投げ入れたということか」

助次郎が考えた南部の蕎麦よりは現実味がありそうだが、そんな高度な技量を持つ者は闘食会に居そうにない。それこそ、家斉を暗殺すべく潜入した隠密なら身に着けていそうな高い技術である。

毒殺の方法もわからなければ、蕎麦貫が殺されたわけも不明だ。

案外と厄介《やっかい》な事件になりそうだ。単純な行商人殺しの背後に深い闇が横たわっているのかもしれない。

「やれやれ」

千代ノ介は呟いた。

「自《みず》ら厄介事を引き受けるとは一柳さまらしいですな」

松右衛門はくすりと笑った。

根津権現門前の信濃屋を訪れた。

店は営業停止になっている。前で見張っている南町奉行所の中間《ちゆうげん》たちに北村の紹介状を示して店の中に入った。

闘食会が行われた二階の座敷で伝八と面談に及んだ。伝八は手枷《てかせ》を掛けられていたが、千代ノ介の町奉行所役人への要請で外された。二人きりの広い座敷はがらんとしているが、闘食会の喧騒は千代ノ介の耳朶《じだ》にしっかりと残っている。

「驚きましたよ」

手枷が外された両手を何度もさすりながら伝八が口に出したのは、格之進の素性であった。

「あんなどじな、あ、いや、あのようなお方が御公儀の御庭番でいらしたとは」

蕎麦貫が殺されたのと同じくらいに驚愕《きようがく》したのだとか。素性を明かした格之進は、蕎麦貫殺しを将軍暗殺だと疑ってしつこく調べ回っているそうだ。

「あ、いや、さすがでございますな。村垣さまはどじな男を見事に装《よそお》っておられました。やはり御公儀の御庭番は違うと、職人や女中たちも驚くやら感心するやらでございますよ」

どう返していいかわからない。無言でうなずくのが精一杯だ。複雑な心境の千代ノ介に構うことなく伝八は続ける。

「ご勘弁願いたいのですよ。将軍さまを毒殺だなんて、そんな大それたこと、あるはずがございませんよ」

伝八が嘆くのはよくわかる。

「蕎麦貫を殺した下手人がわかれば、信濃屋も再開できる」

「一刻も早く下手人を挙げて欲しいものです」

伝八は祈るようにして深いため息を吐いた。

「ところで、蕎麦貫は蕎麦の神さまを拝んでいたそうなのだが、どこの神社か知らぬか」

おそらくは知らないだろうが、駄目で元々《もともと》で尋ねてみた。

すると、

「聞いたことありますよ。いえ、詳しくは存じませんがね、なんでも戸川神社というそうですよ」

思わぬ朗報だ。

「戸川神社か」

戸川大炊ノ介や伊代と関係があるのだろうか。伊代が大量の蕎麦を食せるのは、戸川神社に参拝しているからだろうか。

「戸川神社の神とはどのような神なのだ」

「蕎麦貫さんからは、蕎麦の神さまとしか聞いておりません。あたしも、蕎麦屋を営んでおりますので、一度参拝に訪れようと思っておりました。蕎麦貫さんとは闘食会で優勝したら一緒に参拝しようって約束していたんです」

伝八は残念だと言い添えた。

「下谷にあるということだったが、何処にあるか存じておるか」

「そこまでは聞いておりません」

「蕎麦の神を祀る神社だというのに、蕎麦屋の間でも知る者がそれほどいないというのはどういうことだろうな。御利益がないということか」

「知る者がいないということは、かえって御利益がありそうな気もします」

「なるほどな」

きっと、見過ごしてしまうような小さな社《やしろ》なのではないか。町の中にひっそり立っている古刹《こさつ》なのかもしれない。いずれにしても、寺社奉行に尋ねればわかる。

梨本に頼んで寺社奉行を訪ねることにしよう。

ともかく一筋《ひとすじ》の光明《こうみょう》が差した。

二

明くる二日、千代ノ介は梨本を通じて寺社奉行に当たり、戸川神社について確かめた。神社は戸川大炊ノ介の屋敷内にあり、戸川村の鎮守《ちんじゅ》を勧請《かんじょう》したとわかった。神主《かんぬし》は戸川惺斎《せいさい》といって、大炊ノ介の弟だそうだ。

領地である信濃国戸川村の鎮守を屋敷の守護神にしているのは不自然ではない。戸川村の鎮守を、どうして蕎麦の神さまだと知って蕎麦貫は参拝していたのだろうか。

まずは戸川神社に行って自分の目で確かめようと、千代ノ介は足を向けることにした。寺社奉行から寺社役同心であるという手札《てふだ》をもらい、戸川屋敷へ向かった。

神社は屋敷の裏手に設《もう》けられていた。裏門で番士に寺社役同心の手札を示すと即座に屋敷内に入れられた。

裏門を入り三十間ばかり歩くと鳥居《とりい》があり、手水舎《ちょうずや》、神楽殿《かぐらでん》、神明造《しんめいづく》りの拝《はい》殿《でん》と本殿があった。拝殿の前には賽銭箱《さいせんばこ》も用意されている。周囲を杉の木立《こだち》が囲み、一番太い幹の杉が御神木《ごしんぼく》なのか注連縄《しめなわ》が張ってある。

さして広くはないが、落ち着いた佇まいの社である。鳥居を入ってすぐに銀杏《いちょう》が植えてあり、色づくには早く、緑と黄が混じっている。地べたの落ち葉が風に舞い、厳《おごそ》かな中にも風情《ふぜい》を漂わせていた。

とりあえず、賽銭箱に銭を入れ、鈴を鳴らして拝礼してから柏手《かしわで》を打った。

はて、何を祈念しようか。

蕎麦をたくさん食べられますように、と祈るべきなのだろうか。

特別に大量の蕎麦を食べたいとは思わないから、さてどうするかと迷っていると、落ち葉を踏みしめる足音が近づいてきた。咄嗟《とっさ》に健康を祈念してから振り返った。

烏帽子《えぼし》を被り、狩衣《かりぎぬ》を着た男が立っている。形《なり》からして神主、すなわち戸川惺斎であろう。

案の定、千代ノ介が素性を告げると戸川惺斎だと名乗った。

「こちらは戸川村の鎮守を勧請しておられるのですな」

「いかにも」

歳は三十過ぎ、物静かな男でいかにも神主然としている。千代ノ介は寺社奉行から渡された手札を見せた。江戸中の寺社一覧に誤りがないかを尋ね歩いているというのが訪問の名目《めいもく》である。

「戸川村の鎮守についてお聞かせくだされ。蕎麦の神と聞いたことがござるが」

「蕎麦の神というわけではござらん。鎮守は、戸川村の村人からは大蛇《おおへび》さまと呼ばれております。戸川村にある本社は大蛇山《おおへびやま》と呼ばれる山の麓《ふもと》にあります。村の言い伝えでは、山には大蛇が棲《す》んでおり、神域として立ち入りを禁じられておりまする。蕎麦との関わりで申せば、戸川村は蕎麦処でしてな。痩せた土地ゆえ米に頼ることはできず、村の民は蕎麦を栽培《さいばい》し、蕎麦によって飢えずに今日まで長らえてまいった。村人たちは蕎麦の恩恵を大蛇さまに感謝するようになったのですな。大蛇と蕎麦、長い物同士が結びついた信仰であると存ずる」

「なるほど、よくわかり申した。して、この神社には参拝客は訪れるのでござるか」

「毎月十日《とおか》、二十日《はつか》、晦日《みそかび》には参拝の門戸を開けております。蕎麦の神として崇《あが》める者もおりますが、そんなに大勢ではござらん。あくまで戸川村の鎮守ですからな」

「薬の行商人貫太、通称蕎麦貫を御存じか」

不意に尋ねた。

惺斎は言葉を詰まらせた。

記憶の糸を手繰っているのか、蕎麦貫との関わりを認めることが不都合なのかは判断できない。

「さて、その者と当神社が何か関わりがあるのですかな」

「蕎麦貫という者、名うての蕎麦っ食いで、何しろ五十枚もの蕎麦を平らげる男でござる。で、蕎麦貫がそれほどに蕎麦を食せるわけは、蕎麦の神さまを参拝しているからだとか」

「この神社に参拝に訪れたのですな」

「おそらくは」

「一柳殿、先ほど神社一覧に載せられし記述と実際の神社の様子を調べていると申されたが、真の目的は蕎麦貫なる者と当神社の関わりが知りたいのでござるか」

「いえ、そうではござらん。失礼ながら聞きなれぬ神社ゆえ、あくまで実態を見に来ただけでござる」

千代ノ介の答えに満足したかどうか、惺斎は小さく首を縦に振った。

「ところで、確かこちらの御息女《ごそくじょ》は伊代殿と申されますな」

「いかにも」

「伊代殿はどのようなお方なのでござるか」

「どのような、と申されると」

蕎麦五十枚を食す娘とはどんな生《お》い立《た》ちなのか知りたかったのだが、惺斎が戸惑ったのも無理はない。なんとも曖昧《あいまい》な問いかけだ。しかし、惺斎は何か答えなければならないと思ったのか、

「戸川神社本社の巫女《みこ》であったのでござる。この秋に我が兄、すなわち大炊ノ介が養女に迎え、今はこの神社の巫女を務めておりまする」

「巫女でござるか」

何となくわかるような気がした。

どれだけ蕎麦を食べようが、姿勢を崩すことのない凛《りん》とした佇まいは巫女であったからだと理解できる。

「惺斎殿は蕎麦がお好きか」

「好きですな。間もなく、新蕎麦が収穫されます。戸川村の蕎麦はそれはもう美味でござる。手前味噌《てまえみそ》と思われるかもしれませぬが、一度食してくだされ。間もなく、新蕎麦を振る舞う予定でござる」

「振る舞うとは」

「来《きた》る十日、戸川村より届きし新蕎麦を、この神社の境内にて振る舞う次第。参拝者には無償で食してもらう。きっと、戸川蕎麦の美味しさがわかってもらえることと存ずる」

「それは、楽しみでござるな。わたしも参拝に訪れてよろしいですかな」

「むろんです」

惺斎はにこやかに答えた。

「楽しみにしております」

家斉に話したら、戸川蕎麦も食べたいと言い出すのではないか。

「では、御神体《ごしんたい》を拝見したいのだが」

千代ノ介は本殿に目を向けた。

ところが、

「今日のところはお見せできませぬ」

惺斎の表情が険しくなった。

「何故でござるか」

「新蕎麦奉納の際に本殿は開かれます。それまでは、どなたにもお見せすることは叶《かな》いませぬ。古来よりの当社の習わしでござれば、どうかご理解くだされ」

強い口調で拒まれた。前触れもなくやって来た身で無理強《むりじ》いはできない。

「承知致した。では、これにて御免」

千代ノ介はお辞儀をして立ち去ろうとした。すると、白衣《びやくえ》に緋袴《ひばかま》という巫女姿の伊代がやって来た。

風雅《ふうが》な雰囲気を醸し出し、正面を見据えたまま拝殿に向かって行く。千代ノ介に軽くお辞儀をしただけで特別な視線ではない。闘食会で会ったとは気づいていないようだ。この娘が五十枚もの蕎麦を食べるとは、意外を通り越して実感が伴わない。

千代ノ介は戸川屋敷を出た。

おそらく惺斎は蕎麦貫のことを知っていたに違いない。とすれば、何故隠し立てをするのだ。蕎麦貫は蕎麦の神さまと崇め、蕎麦をたくさん食すことができるのは蕎麦の神さまのお蔭だとまで深く信仰しているのである。

何故、そこまで入れ込んでいたのだろうか。

千代ノ介は興味を覚えずにはいられなかった。


その足で芝三島町の恵比寿屋へとやって来た。助次郎は不在で妹のお純が店番をやっている。お純は気立てのよい明るい女で常連客の趣向《しゅこう》が頭に入っており、客が好みそうな絵草紙や錦絵《にしきえ》、番付表を勧めるため、助次郎よりも評判がいい。助次郎が店番するよりもよほど繁盛《はんじょう》するだろうとは、三島町界隈での専《もっぱ》らの噂だ。

「兄さんなら、うちの人んとこですよ」

うちの人、すなわち高麗屋幸四郎の店ということだ。

というわけで高麗屋の二階へとやって来た。格子柄の小袖に前掛けをした幸四郎が愛想よく出迎えてくれた。階段を上ると、助次郎は大真面目な顔で松右衛門と二人で膝を突き合わせていた。

松右衛門が千代ノ介に気づき、挨拶を送ってきた。

「番付表の相談か」

仲間に加わろうと千代ノ介もあぐらをかいた。松右衛門が、

「次回、どんな番付表を作ろうか相談しておるのですよ。信濃屋の闘食会を参考に蕎麦っ食い番付を作ろうとしたのが、蕎麦貫の死でできなくなりましたからな」

「なるほど。で、どんな番付表を作るのかな」

千代ノ介の問いかけに助次郎が大きく伸びをして、

「さて、どんなものでしょうね」

何ともやる気のない態度だ。それから大きな声で、

「幸四郎、握り飯はまだか」

呼ばわる。

「もうすぐですよ」

幸四郎の声が返された。

「腹が減っては戦《いくさ》はできぬ、だ」

助次郎が腹をさすったところで、幸四郎が大皿に握り飯を盛って上がって来た。温かい飯と混ざった海苔《のり》の香が立ち上り鼻孔をくすぐる。助次郎が早速手を伸ばす。

「今度はどんな番付表をこさえるんですか」

幸四郎がにこやかに尋ねてくる。

「それを相談してるんだ」

助次郎は言った。

「芝居じゃ、困った時には『忠臣蔵《ちゅうしんぐら》』をかけるんですけどね」

幸四郎が口を挟んだ。

「そうだ。仇討《あだうち》番付でもやるか」

助次郎が手を打った。

「なら、東の大関は赤穂浪士《あこうろうし》で決まりですね。西の大関は鍵屋《かぎや》の辻《つじ》の荒木又右衛《あらきまたえ》門《もん》でしょうか」

幸四郎が即座に返す。

すると松右衛門が、

「仇討番付は何度もやってますからな。行司《ぎょうじ》は羽柴秀吉《はしばひでよし》の明智光秀《あけちみつひで》討ちで決まりです」

仇討番付を作成する場合は秀吉の光秀討伐が別格に上位を占め、行司扱《あつか》いということだ。だから今更、仇討番付は作成しても仕方がないという結論に達した。

ならばどんな番付にするかというと、

「蕎麦番付はどうだ。蕎麦屋とか蕎麦っ食いではなく蕎麦そのものの番付だ。そろそろ新蕎麦の時節だからな」

戸川蕎麦を思い出して千代ノ介が提案した途端に、

「やり飽きましたよ。毎度毎度、東は更科《さらしな》、西は出雲《いずも》、で決まりでさあ」

助次郎が拒否した。

頭ごなしに否定されていい気はしなかったがぐっと堪《こら》え、

「いや、案外これまでに載ったこともなかった蕎麦が、上位を占めることになるかもしれんぞ」

千代ノ介の脳裏から戸川蕎麦のことが離れない。

一度、食してみたいものだ。

新蕎麦を振る舞うという日、絶対に戸川神社を訪れてみよう。

と、そこへ北村がやって来た。

三

北村は千代ノ介の隣にどっかりと座った。顔を見れば、探索に進展があったのか明るい。まずは千代ノ介から蕎麦貫が戸川屋敷内にある神社に参拝していたこと、自身も戸川神社を詣《もう》でたことを報告した。

「一柳さん、探索がすっかり板につきましたな」

北村が言うと助次郎もそうだそうだと賛意《さんい》を表し、松右衛門もにこやかにうなずく。千代ノ介の話を受け、

「蕎麦貫が出入りしていた薬種問屋がわかったんですよ」

北村は言った。

日本橋本町に店を構える福寿屋《ふくじゅや》というそうだ。

松右衛門が新興の薬種問屋だと教えてくれた。主人の三木助《みきすけ》は越中富山《えっちゅうとやま》の薬売り上がりで、行商で稼いだ金を元手《もとで》に三年前に店を開いた。老舗の薬種問屋が軒を連ねる本町にあっては目立たない裏通りにあるそうだ。店構えは小さいが、行商人出身であることから店売りはせず、行商人を使った商いをやっているそうだ。

「こら、突破口が開けたんじゃござんせんか」

助次郎も大きな身体を乗り出した。蕎麦貫殺しの下手人探索が現実味を帯びてきた。

「今日は急なことで主人の三木助とはろくに話もできませんでしたが、明日の昼、会う約束を取り付けましたんで行ってきますよ」

北村が言うと、

「わたしも同道《どうどう》してよろしいか」

千代ノ介の申し出を、逡巡《しゅんじゅん》した後に北村は受け入れた。

「一つ柳の旦那、馬鹿に探索にのめり込んでますね」

助次郎のからかいを千代ノ介は笑顔で聞き流し、

「わたしは、どうしても下手人を明らかにしたいのだ」

「そりゃ、わしもですよ。永年十手を預かっていますが、目の前で人が殺されたのは初めてです。八丁堀同心としちゃあ、顔に泥を塗られたような気分になってますぜ」

北村は南町奉行所で、蕎麦貫殺しの一件は意地でも自分が下手人を挙げると啖《たん》呵《か》を切ったという。

「それでこそ、南北の旦那だ」

助次郎は調子がいい。

「からかうな」

北村は照れながらも下手人を挙げる決意を示した。

「なら、前祝《まえいわ》いといきますか」

気の早い助次郎らしい物言いである。千代ノ介も北村もまだ早すぎると抗《あらが》った。松右衛門も、

「どうも、助次郎さんは気が早くていけない。取らぬ狸の皮算用はよくないですぞ」

いかにも大人びた物言いであるだけに説得力があるのだが、

「そりゃそうですがね、景気づけしないことには南北の旦那も張り合いってもんがないですよ」

聞く耳を持たない助次郎は腰を浮かすと、

「酒だよ。酒」

と、手を打った。

幸四郎の愛想のいい返事が聞こえ、酒と肴《さかな》を持って来た。肴は蕎麦がき、蕎麦味噌である。

「こんなんじゃ腹が膨れないよ」

助次郎が文句を言った。

幸四郎が、

「でも兄さん、近頃、病《やまい》のせいでめっきり食べられなくなったって口癖のように繰り返してたじゃありませんか」

「身体が弱いから無理して食べているんだよ。おまえは丈夫だから病弱なあたしの気持ちがわからないのさ」

結局、次々と肴が運ばれてきた。天麩羅《てんぷら》、泥鰌鍋《どじょうなべ》などが並んで大層《たいそう》な宴会となってしまった。

助次郎は腹をさすりながら、

「短命なあたしは、食べることだけが楽しみさ。美味い物を精々《せいぜい》食べて、潔《いさぎよ》くあの世へ行きたいね」

ご高説《こうせつ》をのたまわった挙句《あげく》に、

「御隠居、蟒草って手に入りませんかね」

ねだる始末である。

「そんな薬があったら、おまえさんなど際限《さいげん》なく食べてしまいますよ。身体を壊しますぞ」

松右衛門がやんわりと諭《さと》したが助次郎には一向に通じず、

「あと数年の命ですからね。あたしはこの世に未練はありませんよ。病なんざ、怖くはないですよ」

助次郎は開き直るのであった。

みな、助次郎には何を言っても無駄だとばかりに口をつぐんだ。

「さてと、次の番付表は一柳さまの考えを入れて蕎麦番付でいくとして、他にも面白い番付表を出したいところですな」

松右衛門が話を本題である番付表に戻した。

酔って舌が一段と滑《なめ》らかになった助次郎が、

「よし、東西馬鹿番付というのをやってみようじゃないか」

「それは、面白そうだ」

北村が賛同し、松右衛門も異を唱えることはなかった。

「大関にはどんな馬鹿がふさわしいですかね」

助次郎がみなに問いかけると、

「元気満々で好き放題食べるのに、自分を短命だと信じている奴」

千代ノ介が言うと松右衛門と北村が噴き出し、幸四郎などは腹を抱えて笑った。当の助次郎だけは、

「そういう奴いるんだよな。ほんとに身の程知らずと言うかさ」

など他人事《ひとごと》のように嘆いた。

四

三日の昼下がり、北村と共に福寿屋にやって来た。福寿屋は高麗人参《こうらいにんじん》などの唐土《もろこし》渡来の薬種から萬金丹《まんきんたん》といった庶民的な薬まで幅広く扱う薬種問屋であった。松右衛門が教えてくれたように、裏通りに面したこぢんまりとした店で、裏手には母屋と離れがある。

主人三木助は店の帳場机に座り、北村たちを待っていた。背の高い、のほほんとした男だが、手代《てだい》はもちろん、小僧たちの動きにも細かい目配りをしている。さすがは行商人から身を起こして店を構えただけに、抜け目なさが窺えた。

二人にお茶を出してくれたが、申し訳程度に茶の色をしている。ひどい出涸《でが》らしで、これなら白湯《さゆ》のほうがましである。

それでも、木枯らしに吹かれた両の手はかじかんでおり、茶碗の温《ぬく》もりがありがたくはあった。三木助は千代ノ介をちらっと見た。何者だと訝しんでいるようだ。北村が蕎麦貫が死んだ場に居合わせ、日頃より探索を手伝ってもらっている御家人《ごけにん》だと説明した。北村の説明に納得した様子ではなかったが、それ以上問いを重ねることはなかった。

「蕎麦貫を存じておるな」

北村が問いかける。

「うちに出入りしていましたからね」

蕎麦貫は福寿屋で仕入れた風邪薬《かぜぐすり》や熱冷《ねつさ》ましを越後《えちご》まで商って歩いていた。そして新潟湊《にいがたみなと》で高麗人参を仕入れ、福寿屋に持ち帰っていたのだそうだ。

「新潟湊で高麗人参を仕入れるとは」

千代ノ介が口を挟むと、三木助は答え辛《づら》そうにした。そうだ、思い出した。松右衛門によれば、新潟湊には薩摩船《さつません》が入港し、支配下に置く琉球《りゅうきゅう》から安価で入ってくる高麗人参を積んでいる。それを目当てに、上方《かみがた》や江戸の薬種問屋がわざわざ新潟まで買い付けに出向いているそうだ。蕎麦貫もそうした一人であったのだろう。

「蕎麦貫さんは、江戸から新潟湊まで三国峠《みくにとうげ》を越えて行くのじゃなく、信濃を通って行ってましたよ。信州はなんといっても蕎麦処ですからね」

それくらい蕎麦が好きだということだった。

「蕎麦貫は何処に住んでいたのだ」

北村の問いかけに、

「年中旅に明け暮れていましたから、江戸での住まいは構えていなかったですね。うちに出入りした当初は馬喰町の商人宿に寝泊まりしていたんですがね、そのうちにうちの離れに寝泊まりしたらどうだって、あたしの勧めで江戸にいる間は離れを使ってもらってましたよ」

三木助は言った。

「江戸にいる間は、ずっとここの離れにいたんだな」

「そうなんですがね、この三月《みつき》ほどは出かけることが多くなって、外泊していることもありましたね」

それで、今回も外泊しているのだと思い、帰って来なくても心配していなかったそうだ。

「外泊とは、何処へ行っていたんだろうな」

千代ノ介を見ながら北村が問いかけた。三木助は、

「特に何処とは言ってませんでしたし、あたしも聞きませんでしたよ」

「博打《ばくち》か女か……」

北村が呟いた。

「女かもしれませんね。あたしが、何時《いっ》までも旅暮らしじゃ歳取ってから辛いだろうから所帯持ったらどうだい、って勧めたんですよ」

三木助は縁談相手を世話しようと申し出たそうだ。

「ですが、蕎麦貫さんはそこまであたしの世話になるわけにはいかないって断りました。今にして思えば、想《おも》う女がいたのかもしれませんね」

三木助は言葉を詰まらせた。蕎麦貫は行商人としては優秀で信頼のおける男であったようだ。

千代ノ介が、

「信州にある戸川村について何か言っておらなんだか」

すると三木助の顔が輝いた。

「聞いていましたよ。蕎麦貫さんは戸川村に何度も足を運んでいました。戸川村の蕎麦は美味いってことでね」

この半年というもの、蕎麦貫は戸川村に必ず立ち寄っていたそうだ。よっぽど戸川村の蕎麦を気に入ったのだろう。蕎麦っ食いの蕎麦貫は、いち早く戸川村の蕎麦を見出したということか。

「戸川神社のことを何か話しておらなかったか」

千代ノ介が聞く。

「そういえば……、下谷の戸川さまのお屋敷に戸川村の鎮守が勧請されているそうです。それで、でございます」

三木助は饒舌《じょうぜつ》になった。それによると、蕎麦貫は戸川大炊ノ介の屋敷への出入りもできるようになったと言っていたそうだ。

「戸川さまと申せば御直参の名門でいらっしゃいますから、手前のような新興の薬種問屋の出入りが叶えば店の箔《はく》がつくというもので、さすがは蕎麦貫さんだと、感心したのでございますよ」

「すると、戸川家に福寿屋の薬種を買ってもらうのだな」

来月から、戸川屋敷と戸川村の村人たち向けに薬種を買ってもらうことになっていたのだそうだ。

「なるほど、大きな商いということか」

商いが広がったということは大きな利をもたらすものだ。しかし、それは戸川家にとっても小さなことではあるまい。神主である戸川惺斎は当主大炊ノ介の弟、であれば惺斎が蕎麦貫を知らないのはおかしいのではないか。惺斎の態度が気にかかる。

「そういえばこのところ、蕎麦貫さんはこれまでにも増して生き生きとしていましたよ」

蕎麦貫は商《あきな》いが順調で戸川家との繋《つな》がりも深まり、これもきっと蕎麦の神さまのお蔭だと口癖のように繰り返していたそうだ。蕎麦賭けも絶好調、商いも順調とあって蕎麦貫は幸福な時を過ごしていたのかもしれない。

北村が、

「蕎麦貫が人から怨《うら》みを買うようなことはなかったか」

「見当がつきませんな。少なくとも手前どもが知る蕎麦貫さんは、愛想がよくて蕎麦好きで働き者でした」

まさか、蕎麦賭けで手痛い目に遭《あ》った相手から怨みを買い、それで殺されたということはあるまい。

やはり、戸川家と関わりがあるのではないか。

いや、蕎麦貫に出入りを許すということは、戸川家にしても少なくとも蕎麦貫のことを嫌っていたり、厄介には思っていなかったからだろう。とすると、殺したりはしない。信濃屋の座敷でも伊代と蕎麦貫は大分《だいぶ》離れた場所にいたし、伊代が蕎麦貫の側に来たということもない。そんなことをすれば、目立つ。伊代には蕎麦貫に毒を盛ることはできなかったはずだ。

「蕎麦貫さんを殺した下手人、絶対挙げてくださいまし」

三木助が改まって懇願した。

北村が任せろと力強く請け合い、店を出た。

寒風が吹いてきた。

北村が、

「わしは今回の一件、女の影を感じますな」

「蕎麦貫に女がいたと」

「蕎麦貫は惚れた女ができ、その女と所帯を持つために張り切って行商の仕事に打ち込んだんだと思いますよ。それと、蕎麦賭けにも闘食会にもね」

なるほどそんな気もする。

「しかし、女に殺されることはなかろう」

「そこなんですがね。女の線を手繰れば殺されたわけがわかるかもしれませんや」

北村は女の線を探ることになった。一方、千代ノ介は、

「ならば、わたしは戸川家との関わりを探ろうと思う」

「そうして頂けるとありがたいですよ。旗本屋敷、神社は町方の差配外ですからね」

北村はぺこりと頭を下げた。

「好き好《この》んで探索の手伝いを申し出たのだから、気にしないでくれ」

千代ノ介が言うと、

「ところで川平斉平さまというお方、一体何者ですか」

不意に北村に聞かれ、どきりとなった。

「父と碁を通じて親交のあった直参だが、何か」

「それは聞きましたが、どうも、風変わりなお方でございますな」

北村の八丁堀同心としての勘が、お忍びの家斉に興味を抱いたようだ。

「至極品があって、それでいて童《わらべ》のように無邪気で、欲というか俗なものが感じられない、まるで仙人のような一面をお持ちだと思うと、非常に冷めた目をされたり……」

北村は風変わりなお方だと繰り返した。素性を打ち明けたら驚くだろう。

「助次郎から無礼なことを言われても、気にするどころか興味を覚えたようだった。寛容というより、やはり風変わりなお方であると存じます」

「根っからの殿さま育ちゆえ、人から見れば風変わりに見えるかもしれぬな」

千代ノ介はぼろが出る前に話を打ち切った。

「ま、余計な詮索《せんさく》はしませんがね」

北村もそれきり話題にしなくなった。

二人は別れ、千代ノ介は戸川屋敷に足を向けた。そろそろ、新蕎麦披露の会が催される頃合いである。

伊代も出場するだろう。

五

格之進は結局、信濃屋と家斉毒殺の謀議《ぼうぎ》について、何ら手がかりを得ることができなかった。

信濃屋から別に視点を移さねばならない。町方はあくまで蕎麦貫を狙った犯行だと判断しているようだ。無理もない。家斉はお忍びでやって来たのだ。まさか、公方《くぼう》さまが蕎麦の闘食会に出場するとは町奉行所の連中は思ってもいないだろう。

万策《ばんさく》尽きて、格之進は千代ノ介を訪ねて来た。

千代ノ介が居間でくつろいでいたところへ、文代が格之進の来訪を告げた。程なくして格之進が肩を怒《いか》らせて入って来た。場違いに暑苦しい顔を見れば、家斉毒殺を未《いま》だ疑っていることは明らかだ。

「格さん、違いますからね」

まずは釘を刺した。

格之進はむきになると思ったが、

「どうもそのようだな」

と、意外にも大人《おとな》しく引っこんだ。ともかくわかってくれて一安心ではある。

「格さん、お疲れのようですね。一杯やりますか」

すると格之進の顔から笑みがこぼれた。

「いいな」

それを受け、千代ノ介は文代に酒の支度を言いつけた。文代は喜々として支度に入ってくれた。こういうところが妻を持った喜びというものかもしれない。

程なくして蒔絵銚子と膳が運ばれてきた。肴は、

「これ、格さんが持って来てくれた蕎麦ですね」

真っ黒で太く、とても蕎麦には見えない物体に視線を落とす。すると、

「これ、うどんじゃないか。おれが持って来たのは蕎麦だぞ」

格之進が心外だとばかりに言う。文代も、

「旦那さま、うどんですよ。今、大変に評判の伊勢《いせ》うどんです」

なるほど、尋常なうどんの太さである。しかし、黒く野太い一本のうどんだ。

箸で切って、少しずつ食べるのだそうだ。

格之進がまず口に運ぶと、

「うむ、これは酒にも合うな」

と、満足そうに酒を飲んだ。千代ノ介も食べる。うどんの味わいだ。

「これを蕎麦と間違えるとは、千代ノ介、少々疲れているのではないか」

格之進に揶揄《やゆ》されたが、それはあんたのせいだとは言えなかった。文代は気をきかせて居間を出て行った。

「ところで、行商人殺しの下手人は挙がったのか」

格之進は家斉毒殺の線については諦《あきら》めたようだが、今度は蕎麦貫殺しに興味を移したようだ。

「まだです」

「お主も探索に関わっておるのか」

「行きがかり上ですがね」

「あの行商人、蕎麦貫とあだ名されているくらいの蕎麦好きであったそうだな。一体、何者なのだ」

格之進はほろ酔い加減でいい心持ちになっている。

「薬の行商人で、蕎麦好きも兼ねて信州を旅し、新潟湊に行っていたそうですよ」

「なるほど新潟湊か。薩摩船が運んでくる高麗人参が目的だったのだろう」

「さすがは格さん、狙いどおりですよ」

千代ノ介が蒔絵銚子を向ける。

「それくらい常識だ。それにしても、今一つ蕎麦貫なる者の素性は不確かだな。その福寿屋の行商をする以前は何をやっておったのだろうな」

「さて、そこまでは」

「これだから素人は困るのだ。そこで満足してしまっている」

公儀御庭番たる格之進は、自分は探索の玄人だと自負している。そのことをなじるつもりはないが、見下《みくだ》されるのもいい気分はしない。

「満足してはおりませんがね」

実際、北村は蕎麦貫の女の線に当たりをつけているのだ。

「もっと、蕎麦貫の生涯に踏み込まねばならん。蕎麦貫はどういう生い立ちを辿《たど》ってきたのかを確かめねばならんぞ」

「生い立ちですか、なるほど」

もっともらしくうなずく。

「おれはな、蕎麦貫のこれまでの半生に今回の事件の影があると思う」

「ほお、やはり格さん、鋭いですな」

誉めあげると格之進はすっかり気を好《よ》くして、

「行商人をずっと続けていたのか、それとも、何か別の仕事を行っていたのか。それによって、下手人の絞り込みに繋がると思うぞ」

格之進は次第に酔いが回ってきたせいか饒舌になった。これ以上、飲ませると更なる妄想を抱きそうだ。

「……ないな」

格之進は蒔絵銚子が空《から》だと呟く。

「あ、今酒を切らしてまして」

千代ノ介は残念だと嘆いた。格之進もせっかく勢いがついたのに、酒がないとあってがっかりした顔をしたが、

「ならば、帰るか」

と、立ち上がった。

するとそこに文代が入って来て、

「お替わりをお持ちしました」

と、手に蒔絵銚子を持っていた。

(文代め、余計なことを……)

千代ノ介は思わず顔をしかめたが、

「これはかたじけない」

格之進は満面の笑みとなった。手酌で上機嫌に飲む。

「お主は筋がいい。さすがは上さま直々の役目を担うだけのことはある。おれも誇らしいぞ。よいか、特別にお主に探索活動を伝授してやろう」

格之進は得意満面となった。

こうなると大人しく聞くしかない。千代ノ介は苦痛のひと時を過ごした。挙句

に、

「よし、おれが手伝う。お主や町方だけでは頼りなくてしょうがない。心配いらぬ。おれとお主の仲だ」

言葉だけ聞けば、格之進はまことに頼もしげである。

「しかし、格さんも忙しいのでしょう」

「安心致せ。幸い、急な役目はない」

ありがた迷惑なことこの上ないのだが、それを言うわけにはいかない。

「おれは、蕎麦貫についてもっと突っ込んだことを調べてやる」

「どうするのですか」

「場合によっては、新潟湊まで赴《おもむ》かねばならぬかもしれないな」

格之進は早くも遠国《おんごく》での探索に思いを巡らせた。

いっそのこと新潟まで行ってもらったほうがいいのかもしれない。格之進のことだ。蕎麦貫が高麗人参の抜け荷に関わっているとか何処かの隠密だとかという妄想を抱いているのに違いない。

「文代殿、替わりを」

格之進はすっかり調子づいてしまった。文代はいそいそと妻としての務めとばかりに酒の替わりを持つ。

「すまぬな。まったく、文代殿はよき妻だ。これからも千代ノ介をよろしくお願いいたす」

格之進に褒められ、文代は頬を赤らめた。おそらくは明日になったら格之進は覚えていないだろうが、文代にはうれしくてならないのだろう。

「何か料理をこさえましょうか」

文代がうきうきと申し出ると、

「ああ、そうですな。ならば、頼みましょうかな」

格之進に言われ、文代は待ってましたとばかりに居間から出て行った。

第四章　囲われの巫女《みこ》

一

四日の昼、打開策を見つけるべく、千代ノ介は戸川屋敷へとやって来た。

すると裏門が開き、女が出て来た。御高祖頭巾《おこそずきん》を被っているが、伊代だとわかった。願ってもない幸運だ。

距離を置き、伊代を追う。まさか、また蕎麦を食べに行くのだろうか。

伊代は下谷広小路を抜けて、東叡山寛永寺の威容を右手に、不忍池の畔《ほとり》を歩いて行く。

秋がすっかり深まり空には鱗雲《うろこぐも》が光っているとはいえ、吹く風は冷たく、温かいものが欲しくなる。

池の蓮《はす》には花はないが、水面には秋の日が映り込み、弁天堂《べんてんどう》の朱色が蒼天《そうてん》に映えている。鳶《とんび》が舞う長閑《のどか》な一日だ。大勢の男女が行き交い、楽し気な笑顔で昼下がりを楽しんでいた。

思い切って伊代に近づく。不忍池畔に佇む伊代の横に立つと、声をかけようか迷いが生じた。いくらお忍びとはいえ、名門旗本の姫君に軽々しく話しかけていいものか。何か名目はないかと思案をしていると、

「こりゃあ、いい娘だぞ」

三人の侍が伊代に近づいて来た。伊代は顔を背けた。侍たちは昼間から酒が入っている。一人が酒臭い息をぷんぷんさせて伊代の手を引っ張った。頭巾から覗く伊代の顔が恐怖に引き攣《つ》った。

「酌をしてくれ」

侍は伊代の手を捻り上げた。

伊代は声も上げられない。

千代ノ介は侍と伊代の間に立ち、侍を睨《にら》みつけた。

「退《ど》け」

侍が睨み返す。

「みっともない真似を致すな」

いきなり侍の耳を摑《つか》んだ。不意をつかれた侍は伊代から手を離した。千代ノ介は伊代を背後に庇《かば》った。

「おのれ、よくも」

三人は凄い形相で千代ノ介を見る。

遠巻きに野次馬が群れ始めた。無責任な野次馬たちが、「やれやれ」と喧嘩《けんか》を煽《あお》り立てる。

公衆の面前で恥をかかされ、三人は歯軋《はぎし》りをした。屈辱に耐え切れず、一人が抜刀した。

封じ込めていた喧嘩好きの血が騒いだ。

千代ノ介も大刀を抜くや、峰《みね》を返した。

南泉一文字《なんせんいちもんじ》、無銘《むめい》ながら家斉から下賜《かし》された業物《わざもの》である。

相手が斬りかかってきた。

さっと身を屈めると、下から南泉一文字をすり上げた。鋭い金属音と共に敵の刀が宙を舞い、不忍池にざぶりと落ちた。

二人目が突きを繰り出した。

今度は相手の籠手《こて》を打つ。敵は刀を落として顔を歪ませ、片膝をついた。三人目に向かう。三人目は恐怖に怯えながらも野次馬の目を気にして刀を抜き大上段に構えた。

千代介は南泉一文字を右手だけで逆手《さかて》に持つ。相手との間合いを詰め、逆手に持ったまま回転させた。南泉一文字が風車のように回る。

回しながら敵に近づく。

気圧《けお》された敵は後ずさる。

「やあ！」

千代ノ介は気合を入れた。

その拍子《ひょうし》に敵は飛び上がり、池に落ちた。

ざぶんという音と共に水面に波紋が広がる。

「ありがとうございます」

伊代は丁寧にお辞儀をした。

「どちらかでお会いしましたね」

千代ノ介が返すと、
はっとして伊代は千代ノ介を見直した。千代ノ介は蕎麦を手繰る真似をして見せると伊代は笑みをこぼした。

「信濃屋の蕎麦闘食会に出ておられましたな。わたしも参じておったのです」

「まあ、そうでしたの」

伊代は屈託なく応じた。

話してみると、初々《ういうい》しさが感じられる。まだ乙女の可憐さが残っていた。

「失礼ながら、戸川さまの御息女とお見受け致しましたが」

千代ノ介は寺社奉行の同心だと名乗り、戸川神社を訪れたことを話した。

「そういえばお見かけしました。わたくしとしましたことが迂闊でございました」

「戸川村の鎮守を勧請されたのですな」

「わたくしも二月《ふたつき》ほど前からやって来たのでございます」

「江戸には慣れましたか。江戸の蕎麦には慣れたようですが」

伊代の頬が赤らんだ。千代ノ介は周囲を見回して菰掛《こもが》けの茶店に目をやり、あそこで休みましょうと誘いをかけた。伊代が受け入れたため茶店に入る。縁台に腰かけて茶と団子《だんご》を頼んだ。

「寒くはございませぬか」

千代ノ介が声をかけると伊代は、戸川村はもっと寒いです、と茶を両手で持ちゆっくりと飲んだ。団子を伊代に勧める。しかし、伊代は首を横に振った。

「お腹が空いておられぬのですか」

伊代が遠慮しているのではと思い、自ら美味そうに団子を頬張る。伊代の顔は寂しそうに翳《かげ》った。遠慮しているのではなさそうだ。

「団子はお嫌いですか」

千代ノ介が尋ねると、

「食べることができないのです」

どうもよくわからない。

今、腹が一杯だからなのか、それとも団子が嫌いなのか。すると、千代ノ介の不審を察したようで、

「わたくし、蕎麦以外は食べられないのです」

またしてもよくわからないことを言い出した。

「どういうことですか」

団子を皿に置いて尋ねた。

「わたくしは幼き頃より、戸川神社の大蛇さまにお仕えする身でありました」

伊代は、これまで抑えていた気持ちが解き放たれたかのように、生い立ちを語り出した。

伊代はまだ年端《としは》もいかぬ頃、戸川神社の神前に何人かの少女とともに連れてこられ、言われるがままに蕎麦を食べさせられたという。結果、一番たくさん食べることができた伊代が神に仕える巫女に選ばれた。

「里の親には褒美が下されましたが、その日よりわたくしは親兄弟と離され、巫女として神社に留め置かれました。そして、毎日五十枚の蕎麦を食べるよう、神主さまより命じられたのです」

なんだか気の毒になってくる。

蕎麦に縛られた人生のような気がした。

「信濃屋の蕎麦の闘食会に出場したのは、いかなるわけですか。江戸の蕎麦がどんなものか知りたいからですか」

「それもありますが、蕎麦貫さんが出場すると聞いて、神主さまから出るようにお下知《げち》されたのです」

やはり、惺斎は蕎麦貫を知っていた。どうして隠していたのかはともかく、蕎麦貫のことを伊代に問うてみよう。

「蕎麦貫は、戸川神社に参拝していたのですな」

「はい。神主さまとよくお話をしていました」

「蕎麦貫は、蕎麦の神さまを参拝しているから蕎麦を大量に食せると言っていたそうですよ」

「でも、不思議なんです。蕎麦貫さんはお薬の行商をしていらっしゃるんですけど、お薬を買ってもいないのに、神主さまはお金を渡しているのです」

なるほど、それは妙だ。蕎麦貫が蕎麦の神さまに感謝して大目に賽銭を払うというのならわかる。しかし、逆に金を受け取るとはどういうことだろう。

「大金なのですか」

「いくらかはわかりませんが、小判が見えたこともあります」

大金だ。高麗人参などの高価な薬種は五両以上の値がつくものだが、薬を渡しているのではないとしたら、いかにも不自然な行為だ。惺斎は蕎麦貫に何か頼み事をしていたのだろうか。

たとえば、蕎麦通の蕎麦貫に戸川蕎麦を江戸で広める知恵を借りていたとか。

「蕎麦貫は闘食会についてどんなことを申しておりましたか」

「ご自分が勝つとおっしゃっておられました」

千代ノ介の脳裏に、「ど～も」と愛想笑いを向けてくる蕎麦貫の顔が浮かんだ。

自分が接した限りの蕎麦貫の印象とは違う。いかにも行商人らしい物腰の低い蕎麦貫とは思えぬ、尊大な態度だ。

蕎麦に関しては誰にも負けないという自負心だからだろうか。それとも悍斎には強気に出られる何かがあるのか。

「それで、神主さまも『伊代も出場させる。伊代が優勝するであろう』とおっしゃったのです」

悍斎も負けたくなかったようだ。

蕎麦貫はたじろいだそうだ。というのも、伊代が戸川神社の巫女であり、大量の蕎麦を食せることを、戸川村を度々《たびたび》訪れている蕎麦貫は知っていたのだ。

「蕎麦貫さんは、わたくしがどうして大量の蕎麦を食べることができるのか聞いてきました。わたくしは返事に詰まりました」

幼い頃より蕎麦を食べることを義務づけられた境遇にあったことを話したくはなかったそうだ。

「わたくしが答えられないでいると、蕎麦貫さんはきっと秘薬を使っているのだろうと疑いました」

実際、蕎麦貫は秘薬があるに違いないと惺斎に迫ったという。

「惺斎殿はそんなものはないと否定されたのですな」

千代ノ介が尋ねると、伊代は首を振った。

「それが、あるとおっしゃったのです」

惺斎の予想外の答えに伊代は戸惑ったが、蕎麦貫は我が意を得たりとばかりにうなずいた。惺斎は、

「戸川村には瞬時にして食べた物を胃の腑《ふ》で溶かす薬があると神主さまはおっしゃいました。蟒蛇《うわばみ》が獲物を呑んで一瞬のうちに溶かすことができるのは、戸川村に生えている野草を食べているからだと」

松右衛門が言っていた蟒草だ。信州の山奥にあると言い伝えられていたが、戸川村にあるということか。

「蕎麦貫さんは、その薬なら聞いたことがある、まさか戸川村にあったとは、と目を輝かせました。薬売りの間で伝説の薬として伝えられているそうです。その薬、是非売りたいからくれないかと神主さまに頼みました。そして、もちろん自

分はこんな薬を使わなくても闘食会で勝ってみせる、ともおっしゃいましたけど」

伊代は言った。

惺斎は蕎麦貫の求めに応じてその薬を与えたそうだ。大事な秘薬を躊躇《ためら》いもなくやるとは、蕎麦貫に弱みでも握られているのだろうか。

「蕎麦貫さんは、絶対に自分が優勝すると、くどいくらいに言い残して帰っていかれました」

「その薬、興味を覚えますな。いや、それを飲んで大量の蕎麦を食したいというのではございらんが」

するとお伊代は意外なことを言った。

「蕎麦貫さんがお帰りになってから神主さまに聞いたのです。蟒薬というのは本当にあるのですかと」

惺斎は答えず、おまえは知る必要はないと返したそうだ。

二

「では、薬はないのですか」

やはり伝説の薬なのだろうと思いながら尋ね返した。

ところが伊代は、

「それが……。あるかもしれぬのです」

戸川村には立ち入ってはならぬ区域があるそうだ。戸川神社の裏手に広がる山で、村の鎮守である大蛇さまが棲んでいるため大蛇山と呼ばれている。大蛇山にはトリカブトや毒茸《どくきのこ》、蝮《まむし》や毒蛇、更には蟒蛇がいるのだとか。

「大蛇山には蟒蛇がいるそうですから、蟒薬があるのかもしれません」

加えて、大蛇さまとは蟒蛇のことだという伝承もあるそうだ。

しかし、松右衛門はそもそも蟒蛇が天狗や河童、龍といった想像上の生き物であり、ましてや蟒蛇が食する物を瞬時に溶かす野草などありはしないと否定していた。

常識で考えればあり得ない野草を煎《せん》じた秘薬。蟒薬は、一方では薬を商う者には垂涎《すいぜん》の薬であることも確かだ。蕎麦貫も薬の行商人である以上、蟒薬を求めていたのかもしれない。

いや、そもそも蕎麦貫が新潟湊へ高麗人参に買い付けに出向くのに、わざわざ信州を経ていたのは、蕎麦好きということもあったかもしれないが、実は蟒薬を探し求めていたのではないか。

「その薬はどんな形をしているのですか」

問いかけてから、伊代が知るはずはない、と悔いた。

「神主さまが手渡したのは紙に包んでありましたので、どんな形をしているのかはわかりません」

案の定の答えだ。

飲まないと言いながらも、蕎麦貫は闘食会の会場で薬を飲んだのではないか。そして、その薬は実は毒薬だった。

しかし、薬の行商人である蕎麦貫がなぜ毒薬を見破れなかったのか。いや、見た目ではわからないのかもしれないが。

信濃屋の女中に確かめてみよう。

「本当に団子、召し上がりませんか」

千代ノ介はもう一度尋ねた。

「お気持ちだけ頂きますね」

伊代は申し訳なさそうに頭を下げた。

束《つか》の間《ま》の憩《いこ》いを楽しんだ伊代は帰って行った。

千代ノ介は信濃屋に向かおうと茶店を出た。

と、誰かに見られているような気がした。

周囲を見回す。大勢の男女が行き交う日常の光景が広がるばかりだ。

この殺気、以前にも感じたことがある。

そう、番付目付になるに当たって、自分の素行を梨本が探らせた。あの時の隠密の目。背中にぬめっとしたものを感じたのだ。

あの時と同じ視線ということは、誰かにつけられている。誰かとは戸川家の者に違いあるまい。惺斎に命じられて伊代と接触した自分を監視していたのではないか。

ともかく、信濃屋に足を向けた。

信濃屋の二階に上がった。まだ営業は再開されておらず、今日もがらんとしている。広々とした座敷には木枯らしが吹き抜けていそうである。

伝八が女中たちを集めてくれた。

千代ノ介は蕎麦貫が座っていた場所に腰を下ろした。あの時は気づかなかったが、座敷の真ん中だ。蕎麦貫が意図的に選んで座ったのかはわからないが——。

「みんな、よく思い出して欲しいのだが、蕎麦貫は蕎麦を食べている最中に薬を飲まなかっただろうか。見た者はおらぬか」

千代ノ介は店の者を見回した。

みなうつむいたままだ。

「あたしは座敷全体を見てましたので、気がつきませんでした」

まず伝八が答えた。

女中たちに見なかったか問いかけた。

みな首を捻っている。

女中たちも蒸籠やつゆを運ぶので大忙しだった。それに、格之進のどじぶりに足を引っ張られたり、助次郎のしゃっくり騒動があったため混乱を極め、蕎麦貫にばかり注意を向けていられなかったのは当然である。

すると、

「そういえば、きれいなお武家のお嬢さまのことを蕎麦貫さん、気にしておられましたよ」

女中の一人が言った。すると、そうだそうだと数人の女中が賛同した。なるほど、伊代がいた場所はこの席からよく見える。右斜め先に伊代の姿があったはずだ。伊代が蒸籠を積み上げてゆく様に、蕎麦貫は注目していたに違いない。

　続いて別の女中が、

「そうそう、お嬢さんがお薬をお飲みになられたんですよ」

　女中は水を持って来て欲しいと頼まれたそうだ。

「それで、覚えているんです」

　女中は椀に水を入れて伊代に届けたという。

「何時《いつ》頃、その……。何枚蒸籠を積んでいた時だ」

　千代ノ介の問いかけに、

「三十五枚ですね。お水を渡した時に、あんまりにも見事な食べっぷりでしたんで、思わず蒸籠を数えたからよく覚えているんです」

　女中の答えは明確だった。

　そうか。

　蕎麦貫は、伊代が三十五枚の蕎麦を平らげた時に何かの薬を飲むのを見て、伊代を意識したのではないか。きっと、伊代が蟒薬を飲んだと思い込んだことだろう。蟒薬は薬の行商人として探し求めていた薬である。その薬を自分も試してみたくなったとしても不思議はない。

しかし、伊代と惺斎に蟒薬など使わなくても優勝できると啖呵《たんか》を切った以上、大っぴらには飲めなかった。伊代の目を気にし、女中たちにも隠れてこっそりと飲んだに違いない。

これで、蕎麦貫毒殺の真相は明らかになったような気がした。

「すまぬな」

千代ノ介は立ち上がった。

北村にこのことを報《しら》せようと思った。

信濃屋を出て根津権現の門前町を抜ける。すでに夕闇が迫っていた。薄暮に覆《おお》われた不忍池の畔を歩く。夕風が襟《えり》から忍び寄り、なんともぞくっとする。肌寒さから逃れるようにして急ぎ足になった。

すると、木陰から数人の侍が行く手を塞いだ。みな、黒覆面《くろふくめん》を被り面相を隠している。

「なんだ、おれを斬ろうというのか」

千代ノ介は大刀の鯉口《こいぐち》を切った。

相手は何も話さない。おそらく連中は――、

「戸川家の者たちか」

問いかけても返事はない。

返事の代わりに一人が斬り込んできた。

千代ノ介も南泉一文字を抜き、素早く峰を返す。

何人かが背後に回る。

後ろへの警戒を怠《おこた》ることなく、前方の敵に向かう。敵が勢いに押され、ばたばたと足並みが乱れた。

すかさず南泉一文字を逆手に持ち、風車のように回転させた。

と、不意に千代ノ介は足を止め、南泉一文字を両手で構えると反転した。背後から追いかけて来た敵に斬り込む。

侍たちは逃げて行った。

逃げ足は滅法《めっぽう》早かった。千代ノ介にとっては身体を温めるいい運動になった。

ついに戸川家との戦いが始まったのだ。

その足で梨本を訪ねることにした。

番町の一角にある梨本十郎左衛門の屋敷にやって来た。裏門から屋敷の中に入る。梨本は着流しの略装で応対した。火箸で火鉢の灰をかき混ぜ、火を盛んにする。

「蕎麦貫毒殺の下手人がわかりました」

梨本は大きくうなずき、目で続けよと言った。

「下手人は戸川家の惺斎、戸川神社の神主であると思います」

これまでの経緯をかいつまんで語った。梨本の顔が苦渋に歪んだ。

「戸川家か」

呟くと、火箸を強く動かした。

「いかがなさいましたか」

思わぬ梨本の反応である。

「確かな証《あかし》はあるのか」

梨本は問いかけには答えず、責めるような口調で問い返してきた。

「証はございません」

事実、あくまで憶測《おくそく》でしかない。

梨本の顔が曇る。

「いかがされたのですか。戸川家には手を触れられぬのですか。先祖が神君家康公のお命を助けた功績が邪魔立てするのですか」

「そういうことじゃ。証もなく、たかだか行商人風情の命を奪ったことなど咎《とが》められるものか」

「ですが、蕎麦貫を殺したのには表沙汰《おもてざた》になるとまずい事があると思われます」

「〝思われます〟で、戸川家を咎められると思うかッ！」

梨本は激した。

「仰せのとおりです」

千代ノ介は平伏した。梨本は落ち着きを取り戻した。

ともかく、このまま引く気はない。戸川家には何か大きな秘密があるに違いない。その秘密を暴き立てたい。行商人一人とて人の命には違いない。

それに、伊代。甘い物一つ食べることができないなど、若い身空《みそら》で気の毒に過ぎる。余計なお世話かもしれないが、蕎麦に縛られた人生から解き放ってやりたい。

三

翌五日の朝、千代ノ介は南町奉行所に北村を訪問した。長屋門を入って右手にある同心詰所に入った。土間に縁台が並べられた殺風景な空間であるが、同心たちの情報交換の場であり、憩いの場でもあった。縁台に北村と向かい合わせに座り、火鉢に当たりながら蕎麦貫毒殺の背景を語った。北村は千代ノ介の探索ぶりに感心してから、

「わしのほうも、蕎麦貫の女を突き止めることができましたよ」

と、吉報を伝えてきた。

「会ったのか」

「一柳さんも会いたがると思いましたんでね。もうすぐ、ここにやって来るよう手筈を調えてあります」

さすが、北村に抜かりはない。

女はお富《とみ》といって、一月《ひとつき》前まで池之端の岡場所で女郎をしていたそうだ。今は神田鍛冶町《かじちょう》に住まいしているという。

待つこともなくお富がやって来た。

ふくよかな顔立ちの年増である。弁慶縞《べんけいじま》の小袖に身を包み化粧気のない顔は、美人ではないが愛嬌《あいきょう》がある。一緒にいると安心感を抱かせそうな女だ。北村はお富を火鉢の側に座らせた。

北村の言葉は素朴そのものだが、声音にはお富への気遣いが籠《こも》っていた。お富は小さくうなずいて、

「びっくりしましたけど、正直、あたしはあの人のことをよく知らないうちに死に別れたんです。悲しいといえば悲しいんですけど、胸が引き裂かれるってまではなっていないんです」

お富は申し訳なさそうに言った。

お富への聞き込みは北村に任せることにした。千代ノ介の目を見て、北村は了解したようにうなずくと、

「蕎麦貫は客だったんだな」

「はい」

「どのくらい前から通ってきたんだ」

「半年くらい前ですかね」

お富は記憶を手繰るように視線を宙に這《は》わせる。

「気に入って通うようになって、身請《みうけ》されたってわけだな。身請金はいくらだった」

「辛かったろうな」

「百両でしたよ」

お富は信じられなかったという。百両という大金を出してくれるという話も、どうせ口から出任せだと思ったそうだ。調子のいいことを言う客は多い。蕎麦貫の身請話も当てにはせずに聞き流していた。

「それから一月くらいしてからですかね。身請話をしてから、あの人、三回ほど通ってくれたんですが、その間、身請の話は全然出なかったんで、やっぱり絵空事だと思っていたんですがね。四回目にやって来るなり、百両持ってきたから身請するって」

お富は喜びよりも、戸惑いが先に立ったのだそうだ。無理もないことである。

「その百両を蕎麦貫はどうやって工面《くめん》したのだ」

「よくわかりません。あたしも詳しくは聞きませんでしたしね」

お富にすれば、どんな金であれ身請されるとなれば、ありがたかったのだろう。たとえ盗んだ金であっても、苦界《くがい》から抜け出したいと思うのが本音ではあるまいか。

「蕎麦貫が何をやっているかは聞いていたんだな」

「薬の行商人だってことは聞いてましたよ。新潟湊や信州によく出かけるって。

どうして信州に出かけるかって聞いたことがあるんですけどね。あの人の生まれ故郷なんですって」

それは初耳である。信州に出向いていたのは、蕎麦好きや蟒薬探しに加えて生まれ故郷だったのだ。北村が、

「信州の何処だと言っていた」

お富は小首を傾げて考え込んだ。

「戸川村と言ってなかったか」

北村がちらっと千代ノ介を見たのは、千代ノ介もそこが関心事だとわかっているからだ。蕎麦貫が戸川村に拘《こだわ》った理由は、戸川家の秘密を握るに至ったことに加えて、自身が戸川村の出だからではないか。

間違いない。きっと。

千代ノ介が確信したところで、

「戸川村……？　いいえ、上田《うえだ》って言ってましたよ」

「上田か……」

北村は期待外れのためか、声が曇った。

千代ノ介も失望した。信濃国は南北に長い。上田は信濃国の北東に位置し、戸

川村は諏訪湖に近い南東にある。かなり離れている。戸川村との関わりは薬の行商人になってからと考えるべきだろう。

「蕎麦貫は、ずっと薬の行商をやっていたのか」

「あの人、生い立ちとか仕事については、あんまり話してくれませんでしたね」

身請されるまでは客の一人としか思っていなかったが、いざ身請されて所帯を持つとなると、さすがに身の上を知りたくなった。ところが蕎麦貫は薬の行商人で新潟や信州へ仕事に行くとしか話さず、身内もいないということだった。

「身内は上田にもいないのだな」

「ええ、誰もいないってことでしたよ」

お富は繰り返した。

「そうか」

北村は天を仰いだ。蕎麦貫、いかにも謎めいた男である。蕎麦好きの行商人というだけの男なのだろうか。百両の身請金は、蕎麦賭けと薬の行商だけで得られる金とは思えない。こつこつ貯めたとしても法外に過ぎる。

北村が、

「神田鍛冶町の長屋で所帯を持ったのだろう。だが、蕎麦貫は福寿屋の離れに住んだまだったのはどういうわけだ」

「年末には広い家に引っ越すから、そこで一緒に暮らそうってことでした」

「広い家とは何処だ」

「向島《むこうじま》で百坪はあるって。庭もあるぞってあの人は言ってました。家の話をする時は声が弾んでいて、来年には店を持つって張り切ってましたね」

「ずいぶんと金回りがよかったのだな」

「近々、大金が入るって話してました」

近々の大金が、信濃屋の闘食会での優勝賞金十両ではあるまい。

伊代の話では、戸川惺斎は薬を買ってもいないのに蕎麦貫に金を払っていた。

福寿屋三木助によると、最近、戸川家への出入りが叶ったということだが、実際の取引はまだだ。

薬の取引とは別に、戸川家から大金を得るつもりだったのではないか。

「思えば、妙なお人でしたよ」

お富は蕎麦貫を偲《しの》んだ。

「一緒に蕎麦を食べたりしておったのか」

「蕎麦は好きでしたね。岡場所でも食べていました。でも、あたしを身請した神田の長屋じゃ、飯と味噌汁を食べたいって、あんまり蕎麦は食べませんでしたね」

蕎麦貫といえど、年がら年中、蕎麦を食べていたわけではなさそうだ。お富と一緒にいる時は、普通に白い飯と味噌汁がよかったのだろう。

改めて伊代の境遇を思った。

伊代は生涯を通じて蕎麦しか食べることができないのだ。食事の楽しみなどはない。食べるのも巫女の仕事である。不幸な人生なのではないか。

文代の手料理をまずいなどと思う自分が恥ずかしくなってきた。

「これからどうするのだ」

つい、千代ノ介は口を挟んでしまった。お富はおやっという顔になったが、

「そうですね……、あの人のことを弔《とむら》って尼になるってわけにもいきませんから、料理屋に女中奉公でもします」

「それなら、蕎麦屋なんかどうだ。信濃屋には蕎麦貫も通っていたぞ。それとも、蕎麦貫のことは忘れたいか」

千代ノ介の問いかけに、

「短い間でも亭主でしたからね、忘れっこありませんよ。そうですね。蕎麦屋で

女中奉公するのがいいかもしれませんね。その前に、あの人のお墓を立てて供養して……」

お富は笑顔を弾けさせたが、しばらくして笑顔を引っ込めたと思うと、こみあげるものがあったのだろう。両手で顔を覆って嗚咽《おえつ》を漏らし始めた。

千代ノ介も北村も、しばらくはお富の泣くに任せた。

ひとしきり泣くと、お富は少しすっきりしたのか笑顔で帰って行った。

なんともいえず好感を抱くことができた女であったが、結局、蕎麦貫という男はよくわからなかった。信州上田の出で身内はいないということが付け加わっただけである。

「こうなれば、戸川神社を探るしかないな」

「やっぱりそっちですか」

北村は渋い表情となった。戸川家は旗本名門、戸川神社は寺社奉行の管轄下とあっては町方の同心が手も足も出せないことを嘆いているのだろう。

「これから先はわたしに任せてくれぬか」

「でもね……」

北村には八丁堀同心としての意地がある。しかし、蕎麦貫殺しの下手人は戸川家である可能性が高い以上、どっちみち町方では捕らえることはできないのが現実である。

「わかりました。その代わり、絶対に悪党を成敗《せいばい》してくださいよ」

悪党成敗とは絵草紙めいているが、北村にしてみれば強い無念ゆえの言葉であるに違いない。

「任せてくれ」

胸を叩いてみせた。

北村はおかしそうに肩を揺すり、

「それにしても一柳さん、すっかり探索好きになりましたね」

「暇だからな」

恥ずかしくなった。

「好奇心旺盛なことは番付表に役立ちますよ。おおっと、これは助次郎の言い草でしたね」

北村の言葉にうなずいた。

四

北村の期待も背負い、千代ノ介は戸川家との対決に燃えた。

戸川神社で新蕎麦奉納祭の日が近づいた。下谷、上野から神田、日本橋にかけて湯屋には新蕎麦奉納祭の引き札が貼られていたため、大いに話題を呼んでいる。

読売でも取り上げられ、蕎麦神さまの巫女として伊代が紹介されていた。参拝すれば蕎麦が振る舞われるとあって、大した評判となっている。

中奥の御堂で家斉に引見《いんけん》した。引見するに当たって、梨本から戸川家のことは口外してはならぬと釘を刺された。

「例の蕎麦屋の一件、いかがなった」

「目下、町方と力を合わせて探索を続けております」

千代ノ介は殊更《ことさら》に真面目な顔で言上《ごんじょう》した。

「それは聞いた」

家斉は渋面となった。横で梨本がはらはらしている。千代ノ介の口から戸川家のことが出るのではないかと危ぶんでいるのだろう。

「申し訳ございませぬ」

平身低頭する。

家斉は機嫌を直したのか、それ以上のことを問いかけることはなく、含み笑いを漏らした。何か面白いこと――千代ノ介にとっては厄介事を思いついた時の表情だ。

「ところで、戸川大炊ノ介の屋敷で新蕎麦の奉納祭があるそうじゃのう」

まさか家斉の口から戸川家の名前が出るとは思っていなかったので、すぐには返事ができない。

「確かにございますが、上さま、どうしてそのことを御存じなのですか」

「出羽《でわ》に聞いたのじゃ」

出羽とは老中首座《ろうじゅうしゅざ》水野《みずの》出羽守《でわのかみ》忠成《ただあきら》、側用人《そばようにん》から老中となり、幕政の中枢《ちゅうすう》を担っている。貨幣改鋳《かへいかいちゅう》による莫大《ばくだい》な利益、いわゆる出目《でめ》を幕府の台所にもたらしたことから、「出目守《でめのかみ》」と通称され、また、家斉の贅沢華美な暮らしに応ずるべく、「では、では」と貨幣改鋳を実施することから、「ではでは殿」とも呼ばれていた。

「出羽はのう、戸川家の試みをいたく誉めておるのじゃ」

水野出羽守は直参旗本の地位にあぐらをかくことなく、自領の名産品を江戸で売ることにより、台所を潤沢《じゅんたく》にしようという戸川家の試みは、今後旗本の模範となるものだと推奨《すいしょう》しようとしているとか。

確かに幕府開闢《かいびゃく》以来、旗本たちは莫大な禄を食《は》んできた。それもこれも、いざ徳川家存亡の危機に立ち入った時のためである。しかし、泰平が続き役職にない旗本たちは、言葉は悪いがただ飯を食っているだけで、何ら幕府のために役立っていないのも事実だ。

「出羽が誉めておった戸川家の新蕎麦奉納祭、余も行ってみたい」

案の定、家斉は行きたいと言い出した。梨本のことだ。反対するだろう。しかし、梨本は黙っている。

すると、

「ところがのう、その日、余は城から出られぬのじゃ」

梨本が家斉の言葉を受けて、

「上さまにおかれては、諸侯を謁見《えっけん》されることになっておられる」

梨本はいかにもほっと安堵しているかのような口ぶりである。

「残念じゃのう」

家斉のことだ。公務よりも優先したいに違いないのだが、さすがに将軍という立場から許されないとは自覚しているようだ。

「千代ノ介、余の代わりに食してまいれ」

家斉に命じられ、これこそ渡りに舟だ。

それにしても戸川家には、神君家康公の命を助けた名門という家柄に加え、老中が推す模範旗本という強い評価が加わった。強敵になっていくばかりである。

「御意《ぎょい》にございます」

勢いよく両手をついた。

家斉が出て行ってから、

「梨本さま、厄介なことになりましたな。戸川家は益々障《さわ》れなくなりましたぞ」

千代ノ介が不満を漏らすのを聞き流すかのように、

「行商人殺しのことなどはもうよい。ここは、戸川家との間に波風を立てるでないぞ」

梨本は言った。

「先だっても申しましたように、人が殺されておるのです。蕎麦貫は殺されるだけの大きな秘密を握ったはずです。しかも、決してよい秘密ではないのだということは明らかです。それを探ることは当然だと存じまする。上さまも蕎麦貫を殺した下手人を探すことをお望みでございます」

「上さまは、この殺しにまさか戸川家が関わっておるなど夢にもお思いではないのだぞ」

梨本の口調が強くなる。

「畏《おそ》れながら、それは間違っていると存じまする。事情によって下手人が変わることはございませぬ」

千代ノ介に突っ込まれ、

「戸川家にはやむにやまれぬ事情があったのだろう」

梨本は早々に話を打ち切ろうとする。

「その事情を探ることこそが大事なのではございませぬか」

千代ノ介は膝を進め、梨本との間合いを詰めた。梨本は気圧されたように顔を背け、

「そなたの申すことはわかる。じゃがな、今後、直参旗本の在り方にとっての指針を戸川殿は示しておるのじゃ。すなわち、今後の武士の在り方というものじゃ。その芽を一人の行商人のために摘《つ》んでしまってよいものであろうか」

梨本は表情を落ち着かせ、諭《さと》すような物言いとなった。千代ノ介が黙っていると、

「大所高所《たいしょこうしょ》から物を見ることが肝要《かんよう》であるぞ」

おまえは青いと言いたそうだ。いかにも為政者らしい考えだが、自分は幕府にあっては末端の者、卑下《ひげ》しているのではなく、市井に目配りをする番付目付だ。反発心を胸に抱きながら梨本を見据えた。

「一柳、そなたも出世したいであろう」

出世したいのなら、幕閣の覚えめでたい男になれ、波風を立てるなということだろう。もっとはっきり言えば、長い物には巻かれろということか。

「よいな」

釘を刺すと、梨本は御堂から出て行った。


屋敷に戻った。

玄関で文代が三つ指をついて出迎えてくれる。婚礼直後はずいぶんと戸惑ったものだが、ようやくのこと自然に大小を預け、寝間へと入り、着替えを手伝わせるようになった。

裃《かみしも》を脱ぎ、文代に渡す。

文代は丁寧に畳んでゆく。

「そなた、わたしの出世を望むか」

自分でも思いもかけない問いかけをしてしまった。文代は手伝いの手を止めて、

「それは、して頂きたいです」

「やはりな」

「でも、しなくてもいいです。今のままでよろしいのです。こんなことを申しては、とても無責任ですわね」

文代はぺこりと頭を下げた。次いで、

「旦那さまは、上さまのお側近くにお勤めでいらっしゃいます。女子《おなご》の身で申すのはおこがましゅうございますが、きっと、他人からの妬《ねた》みを集めるのではございませぬか」

文代は心配そうだ。

幕臣たちから嫉妬《しっと》を買っているのかもしれないが、役目の中身を知ればきっと呆れられるであろう。

「いや、くだらぬことを聞いてしまったな」

「くだらぬことではございませぬ。旦那さま、どうぞ苦しいこと悲しいことがございましたら、何なりとお話しください」

「わかった」

「では、夕餉の支度を致します」

文代は台所へと向かった。

夕餉は煎り卵《い》であった。卵に醤油や味醂《みりん》を加えた出し汁を溶き合わせ、熱い油に流し込んだ。碗に盛りつけられた煎り卵には三つ葉が添えてあり、見た目には美味そうだ。さては料理の腕を上げたかと期待に胸を膨らませ、箸をつけ、ふうふうと吹いてから口の中に入れた。

途端に顔をしかめそうになった。

塩気と醤油が強すぎるし、脂《あぶら》っこい。これでは完食するのは大変だ。しかし、伊代のことを思えば贅沢というものだと思い直す。

「美味いな」

と、満面の笑みを返した。

「ようございました」

素直に喜ぶ文代がいとおしくなった。これが家庭の安らぎというものなのだろうか。蕎麦貫もお富に安らぎを覚えたのだろうか。

所帯を持つ前から文代の手料理は味わっている。料理の味わいに変わりはないが、何かが違うと感じるのは、文代が妻という立場になったからだろう。

そんな千代ノ介の思いなど、文代は気にする素ぶりも見せずに、かいがいしく給仕してくれる。

「お酒をおつけしましょうか」

「いや、いらぬ」

「本当によろしいのですか」

自分のことを思ってなのだろうが、文代は少しばかりくどい。年を重ねるごとにくどくなっていくのではないかという危惧《きぐ》を抱いたが、それも夫婦生活というものだろう。

「飯の替わりを頼む」

千代ノ介は茶碗を差し出した。御櫃《おひつ》から文代がふんわりとよそってくれた。男ではこうはいかないなと思った。

五

五日後の神無月十日の昼下がり、戸川神社の新蕎麦奉納祭の日を迎えた。

戸川屋敷の裏門は開かれ、大勢の男たちが列を成している。入ることができるのか、もっと早く来ればよかったと悔いた。家斉から持たされた番付目付の手形を示そうかと思ったが、今の段階で素性を明かすのは惺斎に警戒心を与えるだけだと自重《じちよう》する。

神主の惺斎が行列を作る男たちに近づいて来た。今日の惺斎は祭礼を司《つかさど》ることから正装である。冠《かんむり》を被り、黒色の袍《ほう》を身に着け、笏《しやく》を手にして威厳を漂わせている。

評判を呼んでいることに気を好くしているようで、笑みを浮かべながら見て回る。そのうちに千代ノ介と目が合った。惺斎の目に剣呑《けんのん》なものが浮かんだが、すぐに消えた。

「これは、一柳殿でしたな。今日はまたよくぞご検分にいらっしゃいましたな」

そうだ。思い出した。惺斎には寺社奉行の寺社役同心として面談したのだ。その際に参拝に招かれていた。惺斎は、

「さあ、入られよ」

と、列を無視して境内《けいだい》へと導いた。

きっと、魂胆《こんたん》あってのことに違いないが、新蕎麦奉納祭の様子を見るには好都合だと思い直し、惺斎について戸川屋敷に入る。鳥居は鮮やかな朱色に塗り直され、真っ白な注連縄《しめなわ》が張られている。境内の周囲には紅白の幔幕《まんまく》が張られ、中に茣蓙《ござ》が敷かれていた。

拝殿の前には、白木《しらき》の台に玉串《たまぐし》や瓶子《へいし》に入った御神酒《おみき》が供えられていた。幔幕に沿っていくつか床几《しょうぎ》が据えてある。惺斎によると、幕府から水野出羽守忠成の使者が数人立ち会うのだとか。千代ノ介も床几を勧められた。

「末席で結構」

千代ノ介が言うと、

「遠慮深いお方ですな。では、最初に戸川神社のご本尊を拝んで頂きましょうか」

惺斎は言った。

「大蛇さまでござるか」

千代ノ介の問いかけに答えることなく、

「本殿に御案内致す」

惺斎は案内に立った。

以前訪問した時には、本殿に立ち入ることは許されなかった。あの時は、いきなり訪れて本尊を拝ませてほしいなどと頼むこと自体が無茶だったと思い至り、素直に引っこんだ。御神体は新蕎麦奉納祭の日にのみ拝むことができるという惺斎の言葉に嘘はない。

惺斎の案内で拝殿の裏手にある本殿へと向かった。玉砂利を踏みしめながら本殿に向かう。初冬の陽を受けて玉砂利が煌めきを放ち、色づいた紅葉が真っ赤な葉を散らしている。冬の始まりを感じつつ本殿の前に立った。

扉が開け放たれている。

「戸川村の鎮守でござる」

厳かに惺斎は告げた。

朝日が差し込む本殿には、

「蟒蛇……」

千代ノ介は呟いた。

まさしく伝説の蟒蛇が木像《もくぞう》となっている。

巨大な蛇がとぐろを巻き、顔をこちらに向けている。口からは真っ赤な舌を出し、胴体が蝮《まむし》のように大きく膨らんでいた。

「大蛇さまと呼んでおり申す」

惺斎の口調が硬くなったのは、御神体への礼節と千代ノ介に対する威圧であろう。

「そういえば、大蛇山は足を踏み入れることができないのでしたな」

「神域でござるゆえ」

「本当に立ち入りができないのでござるか」

「一柳殿は不審の念を抱いておられるのか」

表情は柔和だが、目は笑っていない。

「不審ではなく、不思議なのでござる」

冗談めかしたつもりだが、惺斎は大真面目に受け止め、

「村には大蛇さまの祟りがあると伝わっておりますでな」

「祟りでござるか」

首を捻る。

惺斎はふっと表情を緩め、これはわたしの考えですがと前置きをしてから、

「大蛇さまの祟りという名目で村人が立ち入ることを禁じたのでござる。というのも大蛇山は、トリカブト、毒茸が群生し、蝮や熊も出る大変に物騒《ぶっそう》な山。そこで、村人の知恵として、子供たちが足を踏み入れないようにするために祟りがあると伝えたのではないかと」

「なるほど、そういうことでござるか」

「よって、大蛇山の登り口に神社が建立《こんりゅう》されたのですな」

悃斎の言うことは納得できるものだった。

「山の主が蟒蛇のような大蛇さまということでござるか。ならば、もう一つお尋ねする。蟒薬を煎じるための野草も生えておるのであろうか」

「はて、蟒薬とは」

悃斎は恍《とぼ》けた。

「蟒蛇が獲物を呑んだ途端に腹の中で溶かすことができるのは、その野草を食べているからだとか。大蛇山には蟒蛇が食する野草があるのではござらぬか」

「そんな野草があるという言い伝えはござるが、立ち入りのかなわぬ場所ゆえ、調べてみたこともありませぬな」

悃斎はそろそろ新蕎麦の準備が整ったと言い添えた。

拝礼をしてから境内に戻った。既に蕎麦っ食いたちが境内に入れられていた。参拝した者から莫蓙に座る。幔幕の両側に据えられた床几の前には横長の小机が置かれた。程なくして、新蕎麦の芳醇《ほうじゅん》な香りが漂ってきた。蕎麦っ食いたちの目が輝く。

女中たちが蕎麦の盛られた蒸籠とつゆを次々と置いてゆく。千代ノ介の前にも置かれた。やや太く色も黒い。山葵《わさび》も戸川村で栽培されたという。薬味として刻んだ青葱《あおねぎ》が小皿に盛ってあった。

床几に居並ぶ侍たちの顔もほころんでいる。

やがて拝殿の濡《ぬ》れ縁《えん》に、白衣に緋袴という巫女姿の伊代と、裃に威儀を正した恰幅《かっぷく》のいい中年の武士が坐した。おそらくは戸川大炊ノ介であろう。案の定、戸川は立ち上がり、

「わが領地戸川村は、畏れ多くも神君家康公より下賜された由緒《ゆいしょ》ある土地である。古来より大蛇さまに守られ、蕎麦の恩恵を受けてまいった。よって、新蕎麦が穫れると大蛇さまに捧げる習わしがござる。こたび、わが戸川の蕎麦を江戸においても是非賞味願いたい」

力強く戸川は言った。

一同、恭《うやうや》しく頭《こうべ》を垂れた。

続いて悍斎が甲高《かんだか》い声音で祝詞《のりと》を読み上げた。祝詞が終わったところで、伊代が厳かに蕎麦を食べ始めた。

居住まいを正し、音も立てず、鮮やかに啜り上げる。表情を一切動かすことなく蒸籠を一枚食べ終えた。

見ていると胸が苦しくなった。

伊代が食べ終えたところで、

「さあ、食されよ」

戸川が言うと、みな、一斉に蕎麦を啜った。蕎麦を啜る音が境内に響く。神社と蕎麦を啜る音はいかにも不似合であるが、それがかえって戸川蕎麦の美味さを伝えているようでもあった。

蕎麦自体は美味かった。

太いからか、腰がある。それでいて喉越しも味わえ、これなら江戸の蕎麦にも十分に対抗できるだろう。

蕎麦っ食いたちも口々に賞賛を漏らしている。

「美味い」

という言葉と共に盛大に啜り上げる音が入り混じり、みな満足の様子である。

「これからは戸川蕎麦だな」

「おお、また食いてえや」

参拝者の中には蕎麦屋もいた。蕎麦っ食いたちから戸川蕎麦を扱うよう求められる者が後を絶たなかった。

これは評判を呼びそうだ。

水野出羽守から遣わされた役人たちも舌鼓《したつづみ》を打ち、惺斎に向かって手放しの褒め言葉と江戸での販売を期待する声がかかる。

どうやら、戸川大炊ノ介と惺斎の目論見《もくろみ》はうまく運びそうだ。

蕎麦を江戸で売るために蕎麦貫は殺されたのだろうか。しかし、蕎麦を売りたいのなら、むしろ、名うての蕎麦っ食いである蕎麦貫を味方につけたほうがいいではないか。

蕎麦貫は戸川蕎麦について何か不正を見つけたのだろうか。

疑問は深まるばかりだ。

ふと、伊代に目をやった。

伊代は無表情だが、目が光っている。その光はまごうかたなく、涙であった。

乙女の涙。

涙を滲《にじ》ませた伊代は、蕎麦神こと大蛇さまの奉納祭を無事務め終えたことにほっとしたのか。あるいは戸川蕎麦が江戸の蕎麦っ食いたちに受け入れられたことの嬉し涙なのだろうか。

いや可憐な面差しには影が差している。きっと、この涙は不穏なものに違いない。

伊代殿、幸せか。

千代ノ介は無言で問いかけた。

第五章　大蛇《だいじゃ》の村

一

戸川蕎麦は大いに評判を呼んだ。

有名な蕎麦屋が続々と戸川蕎麦を扱い始めた。

千代ノ介は飯倉神明宮の境内の屋台を助次郎と冷やかしている。唐辛子《とうがらし》を売る屋台の前で、

「こりゃ蕎麦番付、戸川蕎麦が大関を取りそうですぜ」

助次郎は腹をさすりながら言った。戸川家は、特産の蕎麦粉を販売する専売所を屋敷内に設け、注文が殺到しているそうだ。その勢いたるや凄まじい。江戸っ子は流行《はや》りに敏感であるが、それは取りも直さず、江戸っ子の移り気を物語って

もいる。

「まったくね、そういう新奇なものに目移りする輩《やから》ってのは情けないですよ」

助次郎は言った。

言っている助次郎本人が移り気が激しく、その性分が番付表作成に役立っていることは確かなのだが、本人は気づいていない。

「助次郎は食べてみたのか」

「食べましたよ」

「何処で」

「高麗屋ですよ」

さすがは幸四郎である。助次郎に言わせると、〝品数は豊富でも美味いものがない〟高麗屋だが、店主の幸四郎は器用なだけあって、早々と戸川蕎麦を仕入れて客に出しているということだ。

「味はどうだ」

「まずくはありませんがね。どうもあたし好みじゃござんせんね。ありゃね、要するに田舎《いなか》蕎麦ってやつですよ」

農作業で腹をすかせた百姓たちが好んで食べる蕎麦で、腹は膨れるだろうが、威勢よく手繰れないため粋ではないと助次郎はくさした。いかにも江戸っ子を気取る助次郎らしいが、いざ食べ出したら文句を言いながらもきっと結構な量を食べるだろう。

高麗屋を覗くことにした。

暖簾を潜ると、いつものように幸四郎が愛想よく迎えてくれる。

「戸川蕎麦を頼む」

千代ノ介は躊躇《ためら》いなく頼んだ。助次郎は戸川蕎麦を批判した手前、注文しないのだろうと思っていると、

「あたしも戸川蕎麦を食べようと思うんだけど、どうだろうね。味噌で煮込んだら」

と、提案した。

今日は二階ではなく下で食べる、と助次郎は入れ込みの座敷に上がった。千代ノ介も続く。昼時を過ぎたとあって店内に客はいない。

「それはいいかもしれませんね」

幸四郎は顔を輝かせた。料理人としての意欲をかき立てられたようで、いそいそと板場に向かう。

「あたしは、うどんみたいに味噌で煮込むと断然いけると思うんですよ」

助次郎は自信満々である。

ともかく、戸川蕎麦の売り込みは成功した。これにより戸川大炊ノ介の名も高まり、幕府は戸川家の成功を旗本たちの手本とするに違いない。益々、戸川家は盤石《ばんじゃく》である。

そして、このままでは蕎麦貫の死は葬《ほうむ》り去られてしまう。

「そう言やあ、信濃屋はどうなるんですかね。廃業ってことになりますか」

助次郎も気になるようだ。

今回、蕎麦貫に次いで大きな被害を蒙《こうむ》ったのは信濃屋である。信濃屋が悪いわけでもないのに、蕎麦貫の毒死によって疑いをかけられ、営業ができないのだ。下手人は戸川惺斎であるのは間違いないと千代ノ介は思っているのだが、証がない上に梨本も及び腰、戸川家は旗本のお手本と持ち上げられているとあってはお手上げだ。

いっそのこと家斉に直訴し、番付目付の役目としてお墨付きをもらって戸川大炊ノ介、惺斎兄弟の成敗を行おうか。

いや、家斉を巻き込むことは梨本が許さないだろう。それに、なんだか虎の威を借《か》る狐《きつね》のようで気が進まない。

かといって、このままでは蕎麦貫は浮かばれないし、信濃屋も気の毒に過ぎる。

どうすればいいか。

千代ノ介の苦悩などは何処吹く風、助次郎は、「まだかい」と幸四郎に催促している。

「もうすぐですよ」

愛想よく幸四郎が返すと、

「蕎麦屋の出前じゃないんだよ」

助次郎は腹減ったと繰り返した。そのうちに、待望の戸川蕎麦が運ばれて来た。

千代ノ介は蒸籠の盛り蕎麦であるが、助次郎は要望どおり、土鍋に味噌で煮込まれた蕎麦だ。味噌の香りが湯気と共に立ち上り、助次郎がだらしない顔で鼻をくんくんとさせた。ぶつ切りにされた葱、蒲鉾《かまぼこ》が添えてあった。

助次郎はふうふう息を吹きかけながら戸川蕎麦を味わった。

「やっぱり、このほうがいいよ。特にこれからは寒くなるからね。いいんじゃないか。そうだ、玉子を落としてもいいよ。別払いでね。幸四郎、品書きが増えたぞ」

さすがに食べ物にうるさい助次郎だ。てきぱきと的確な指示を与える。幸四郎も喜ばしそうだ。

ふと、本当に幸四郎は喜んでいるのだろうかという疑問を抱いた。助次郎はありがた迷惑な存在なのではないか。律儀な幸四郎ゆえに怒ることもなく付き合っているのではないか。

つい、自分と格之進の関係を重ねた。

そういえば格之進、近頃はとんと顔を見せない。格之進のことだ。大人しくしていることは考えられない。きっと何か探索を行っているに違いない。

ひょっとして新潟湊まで出向いているのだろうか。

暖簾が揺れたと思うと、

「御免よ」

北村が入って来た。

顔を合わせづらい。北村には蕎麦貫毒殺の下手人を挙げることを確約したのだ。任せろと大見栄も切った。それが手も足も出ない状況とあってはどうにも気まずい。

しかし、北村は気にする素振りも見せずに千代ノ介の前にどっかと座り、

「信濃屋に再開の許しが出ましたよ」

意外である。

「疑いが晴れたからか」

首を捻りながら問いかけると、

「戸川さまの働きかけですよ」

北村は言った。

戸川大炊ノ介は信濃屋が戸川蕎麦を扱うことを条件に、幕閣に店の営業再開を願い出たのだとか。

「これまでは、更科蕎麦だったんですがね、信濃屋は戸川蕎麦を扱うことになるそうですよ」

「へえ、そうなんだ」

助次郎は生返事をした。信濃屋が扱うことで、戸川蕎麦は益々江戸で評判を集めることだろう。

こうした戸川蕎麦の成功を見ると、戸川家は家運をかけて戸川蕎麦の売り込み

を行ったと思える。そんな戸川家が蕎麦貫を殺さねばならなかった理由は何だろうか。

「信濃屋はほっと安堵していますがね、職人連中は面白くないそうですよ」

北村が言うと、

「そりゃそうだよ。ずっと自分たちが打ってきた蕎麦とは全く違うんだからね。さぞや面食らうだろうさ。あたしも麺食《めんく》らっているけどね」

助次郎は駄洒落《だじゃれ》を飛ばし、自ら盛大に笑った。

千代ノ介と北村は横を向いて聞き流した。確かに信濃屋も心中複雑であろう。営業再開はいいが、戸川蕎麦を押し付けられるとは。自分たちの味を傷つけられたようなものではないか。

これはひょっとして――。

戸川家には江戸中の蕎麦を独占する野望があるのか。そのことを蕎麦貫に悟られて口封じに出たのか。

一応の理屈は通るが、どうもしっくりこない。蕎麦という食べ物のせいか、陰謀めいた暗さがないのである。

第一、蕎麦の独占などできるはずもない。江戸中の蕎麦屋に蕎麦粉を提供するのはとても無理な話だ。戸川村でどれだけの蕎麦が収穫できるのか調べないことには結論を出せないが、江戸中の蕎麦屋に行き渡ることは到底あるまい。

「結局、下手人は見つからず仕舞いですかね」

北村の言葉が胸に突き刺さる。

千代ノ介が苦渋の表情を浮かべたところで助次郎が、

「蕎麦の神さまの罰《ばち》が当たったのかもしれないですよ」

「戸川神社の神さまか」

北村が問い返すと、

「戸川神社の神さま、つまり蕎麦の神さまは、蕎麦貫にお怒りなさったんですよ」

「どうしてだ」

北村の問いかけに、

「そりゃ、食べ過ぎたんですよ。蕎麦を食べ過ぎて神さまが罰を下したんです」

「たくさん食べれば、蕎麦の神さまから感謝されそうなものだがな」

北村の言うとおりだと思う。

「ところが、戸川神社の神さまはお怒りなさったんですよ。神さまが召し上がる蕎麦まで蕎麦貫は食べてしまったってね」

つまり、蟒蛇のような大蛇神が食べる分まで蕎麦貫は蕎麦を食べてしまったということか。確かに江戸で売る分の蕎麦まで蕎麦貫が食べてしまったら、戸川大炊ノ介も惺斎も蕎麦貫を殺したくなるかもしれない。

「馬鹿馬鹿しい」

北村は鼻で笑った。

「そうやって、人のこと馬鹿にしてますとね、今にえらい目に遭《あ》いますよ。南北の旦那」

「蕎麦をたらふく食って罰が当たるのなら、おまえなんぞは、ありとあらゆる食べ物の神さまから罰が下されそうだがな」

北村の言葉に幸四郎が深々と首を縦に振った。

「そんなら罰を当ててもらいたいもんですよ」

助次郎は戸川蕎麦の味噌煮込みをお替わりした。

つくづく懲《こ》りない男である。

それにしても謎は深まるばかりだ。

二

戸川神社で新蕎麦奉納祭が行われた十日の昼下がり、格之進は信濃国の戸川村にいた。

あれこれ考えて、やはり蕎麦貫は隠密ではなかったかという考えに至ったのだ。

新潟湊に高麗人参の買い付けに出向いていたのを考え合わせると、薩摩の抜け荷を探索していたとしか思えない。とすると、蕎麦貫は薩摩の手の者に毒殺されたのだ。薩摩は琉球経由で清国《しんこく》の様々な薬種を手に入れることができる。清国の毒には日本には存在しない恐ろしいものがあるに違いない。飲めば跡形もなくなってしまう。絶対に痕跡を残さない。そんな毒を盛られたのではないか。

蕎麦貫は信州経由、特に戸川村には何度も足を運んだという。とすれば、戸川村を支配する戸川家の隠密だったのではないか。少なくとも御庭番にはいないし、伊賀組《いがぐみ》、甲賀組《こうがぐみ》にも属していなかった。

戸川家は、名門旗本とはいえ寄合席。幕府の要職を務めているわけではない。

隠密など置くはずはないとは思うが、そこに却《かえ》って格之進は秘密めいたものを感じてしまった。

なんとしても蕎麦貫の素性を探り、おそらくは探索に当たっていたであろう、薩摩の抜け荷摘発を自分の手で成し遂げたい。

しかし、御庭番の役目として戸川村行きが許可されることはない。このところ幕閣は戸川家に対して好意的だから、探索など許されるはずはない。

それならと、休暇を取って自腹で戸川村行きを実現させたのだ。

十五日間の休暇を願い出ると、あっさりと了承された。

それだけ世の中は平穏ということか。

ともかく、これ幸いと戸川村にやって来たのである。

江戸からおよそ五十里、歩き詰めの旅であったが、公儀隠密の誇りと薩摩藩が企てる大陰謀を暴くという使命感から疲れはない。

勇んでやって来たものの、目の当たりにした戸川村は実に長閑《のどか》なものだ。四方を山に囲まれているのは、甲斐、信濃の村にはよくある光景だが、戸川村は山すらも村にぴったりと合っているように思えてならない。

晴れた初冬の空の下、田圃《たんぼ》は余り見られない。平地は広々とはしておらず、勾《こう》配《ばい》がある土地はいかにも痩せている。広大な村でありながら、実りは多くはないだろう。蕎麦処というが、要するに土地が痩せているがため、蕎麦を収穫することで飢えを凌《しの》いできたのだ。

村の真ん中に設けられている戸川家の陣屋は、四方を空堀《からぼり》が巡り、古めかしい建屋である。

それにしても人影は少ない。戸川家の陣屋に詰める家来たちもさることながら、働き盛りの男たちの姿もまばらで、歩いているのは女子供ばかりである。村人の話では、江戸で新蕎麦奉納祭があるために出向いているのだとか。

幸いなことだ。

思うさま探索ができるというものだ。

四方を囲む山裾《やますそ》に出向くと、なだらかな勾配に沿って巨大な赤い敷物《しきもの》が広がっている。

収穫を終えた蕎麦畑が続く光景に、格之進は息を呑んだ。

探索の役目も妄想も頭から消え去り、大自然の実りに感動した。蕎麦は白い花を咲かせると聞くが、実が摘まれた後の紅一色の世界も素晴しい。

「蕎麦！　美しいぞ、蕎麦！」

わけもなく叫んだ。

山々に格之進の声がこだまする。

ごろんと横になり、心ゆくまで澄んだ空気を味わった。


四半時（三十分）程を過ごし、使命感を取り戻した格之進は風呂敷包みを背負い、まずは鎮守に参拝しようと戸川神社にやって来た。

いかにも古めかしい神社である。裏手に山がある。ご神体は大蛇ということだ。

蕎麦と蛇、長い物同士である。

鳥居を潜り参拝してから、鳥居の前に構えられている茶店で一休みをした。老婆が出てきた。

「いやあ、いい村だね」

格之進は気さくに声をかける。

老婆は皺《しわ》くちゃな顔に笑みを広げた。

「あんた、江戸から来なすったのかね」

「そうさ。ここはいい村、蕎麦が美味いって聞いたんだ。行商人仲間の貫太さん。蕎麦貫さんにね」

「ああ、蕎麦貫さんかね」

老婆は蕎麦貫を見知っていた。

名前はお縫《ぬい》というそうだ。亭主は猟師をやっていて、鹿《しか》や猪《いのしし》を獲ってこの茶店で料理して出すこともあるという。

「この村に江戸の人が来るなんてあんまりねえこったから、もしかして蕎麦貫さんの知り合いでねえかって思ったけど、やっぱりそうだったか。達者でいなさるかね？」

「それがね……」

いかにも悲し気に格之進はうつむいた。

「どうしたんだね」

「亡くなったんだよ」

「ええっ、何で」

お縫の両目は大きく見開かれた。よほど蕎麦貫と懇意にしていたことがわかる。

「蕎麦の闘食会があってね、そこに出て誰かに毒を飲まされたんだ」

「あれま」

「気の毒なことをしたよ」

「あんないい人がね。下手人は何者なんだね」

「まだわかっていないんだよ」

「それじゃあ、蕎麦貫さんも浮かばれんね」

お縫は両手を合わせてなまんだぶなまんだぶ、と念仏を唱え始めた。ひとしきり冥福《めいふく》を祈ってから、蕎麦貫の思い出話を語った。

蕎麦貫は村にやって来ると、お縫の茶店や戸川神社の境内で、薬と共に旅先での色んな土産話《みやげばなし》を聞かせてくれたのだそうだ。村の者は蕎麦貫が来るのを楽しみにしていたという。蕎麦貫は戸川村に溶け込んでいたようだ。

「江戸に戻ったら、蕎麦貫さんを殺した下手人が捕まっていることを念じているよ」

格之進は風呂敷包みを背負うと戸川神社の境内を突っ切り、裏山へと出た。登山口には大きな樅《もみ》の木が二つあり、注連縄が張ってある。脇には立て札が掲げられていた。

立ち入るべからずという言葉がでかでかと書き記され、更には立ち入った者には大蛇さまの祟りがあり、村の掟《おきて》で厳しい処罰を課すとある。先程、お縫からも「くれぐれも山には入るな」と釘を差されていた。

「益々、臭《にお》うな」

格之進は胸の高鳴りを抑えることができなかった。

注連縄を潜り、山に入った。

草が生い茂り、登山道などはない。人が立ち入った形跡はなかった。

山肌には野草が風にそよいでいる。今は時節外れとあって花は咲かせていないが、葉の形からしてトリカブトだ。茸《きのこ》が群生しているが、毒茸であろう。なるほど、物騒な山である。これでは子供たちがうっかり足を踏み入れたなら命が危ういだろう。

そう思うと背筋がぞわりとした。

怖気《おじけ》づいている場合ではないぞ。

己を鼓舞《こぶ》して山を登る。斜面には生えている野草全てが毒草に見え、芥子《けし》と思《おぼ》しき草も見受けられる。

芥子か。

群生する芥子の向こうには山小屋があった。

「なんだ、人がいるじゃないか」

一人ごちて山小屋に向かう。戸を開けて中を覗く。がらんとした無人である。板敷《いたじき》に刈り取られた芥子があった。芥子を摘んでいるのか。

一体、何のために。

阿片《あへん》……。

そうか、阿片を密造しているのだ。小屋の隅に棚があり、そこに壺《つぼ》があった。近づいて蓋《ふた》を取ると、中には黒い粒が詰まっている。

やはり、阿片だ。

戸川村では阿片が作られているのだ。

戸川村というより、戸川家であろう。阿片を作るだけではあるまい。売っているのだ。しかも江戸で。

蕎麦貫は阿片の密造に気づいたのではないか。それで殺された。ということは下手人は戸川家の仕業《しわざ》か。

これは大変なことだ。

格之進は阿片を慎重に取り、紙に包むと風呂敷の中に入れた。

大手柄だ。

格之進は勇んだ。

山小屋を出る。

草むらに蝮《まむし》がのたくっていた。背後で薄気味悪い声がする。振り返ると樹間《じゅかん》に大きな黒い物が見え隠れしている。

「熊だ！」

凄まじい咆哮《ほうこう》を上げ、こちらを見ている。

深い下ばえの中に格之進は突っ伏し、死んだふりをした。

熊が近づいてくる気配がした。

動くな。おれは死んでいるのだ。自分に言い聞かせる。心の中でおれは死んでいるぞと熊に語り掛けるが、果たして熊がわかってくれるか。

（行け）

心の中で必死に念じた。

三

熊はうろうろと格之進の側へとやって来た。格之進の額に汗が滲む。額ばかりではない。首筋、背中、全身汗みどろである。息を殺し、微動だにしなかったが、両目の瞬きばかりは止めることができない。

（おれは死んでるぞ。骸《むくろ》はまずいぞ）

内心で叫ぶ。

しかし、熊は離れてくれない。

それどころか、風呂敷包みを前脚でなぶり始めた。包みと共に格之進の身体が動く。悲鳴を上げそうになったが、唇を噛んで我慢した。熊はおかまいなしに風呂敷包みを引っ張った。そっと胸の結び目に手をやる。結び目を解《ほど》こうとするが、こういう時に限ってきつく結んであり、おまけに食い込んでいるとあって容易には解けない。

（焦るな）

自分に言い聞かせて結び目に集中する。汗が滴《したた》り目に沁みる。手も汗でべっとりだが、幸い、頼むから解けてくれと念じたところで解けた。

と、次の瞬間に風呂敷包みが勢いをつけて身体から離れる。脇で熊が包みをごそごそと探り始めた。中には飴《あめ》や葛根湯《かっこんとう》、そして山小屋で採取した阿片が入っている。

熊が荷に気を取られている隙《すき》に逃げ出そう。

格之進は這いつくばって草むらを進むと立ち上がった。

背後で熊が咆えている。

振り返るな。

と、自分に言い聞かせたにもかかわらず、身体は振り返っていた。

熊は立ち上がっている。

身の丈七尺はゆうにあろうという巨大な獣が雄叫《おたけ》びを上げて格之進を見下ろしている。膝ががくがくと震え、喉はからからに乾いて悲鳴すら上げることもできなかった。

熊が前脚を振り下ろした。

唸りを挙げて前脚が眼前をかすめる。嫌な空気と共に濃厚な獣臭が顔にかかり、背後に倒れてしまった。

もう駄目だ。

おれの人生は熊に食われて終わるのか。

みじめだ。悔しい。御庭番として大きな業績を上げたかった。

熊の胃の中に納まっては来世もないのではないか。

熊がのっしのっしと近づいてきた。

格之進を見下ろし、前脚を頭上に掲げた。

目を瞑《つむ》った。

と、その時、銃声が轟《とどろ》いた。熊の叫びが聞こえる。薄目を開けると、熊は何処かから出血し、四つん這いになって森の中に逃げて行った。

「ああ」

ため息を漏らして立ち上がる。振り返ると、好々爺然《こうこうやぜん》とした笑みをたたえた老人がやって来る。

「助かりました」

格之進が礼を言うと、

「あんた、人の話を聞かん人だね。婆さんがあれほど注意してたじゃろう。大蛇山には入ってはいかんて」

老人はお縫の亭主で猟師をしている権蔵《ごんぞう》であった。店の奥でお縫と格之進のやり取りを聞いていたそうだ。格之進が神社の境内を突っ切るのを見て、もしやと思い追いかけてくれたのだった。

「すみません」

謝りつつも、好奇心には勝てなかったと弁明し、薬の行商人としていい薬草がないか探したかったと言い添えた。

「無茶したらあかんぞ。蕎麦貫さんも山に入っとったけどな」

「薬売りの性《さが》というもんでしょうかな」

格之進は頭を掻いた。

風呂敷包みを見ると、熊に引き裂かれ、薬も飴も散乱して使い物にならない。ぼろ切れと化した包みを拾って権蔵と一緒に山を下りることにした。命拾いした安堵と高揚で、ついついトリカブトの葉を摘みたくなったが、権蔵に注意されて差し出した手を引っ込めた。

草むらに足を取られながらも森の中を進む。頬に当たる笹の葉を手で払い除《の》けながら先を急いだ。

森を抜け、なだらかな勾配を下ったところで、今度はなんと猪が立ちはだかった。間合い三十間といったところか。

こちらを見て唸っている。

「は、早く鉄砲をお願いしますよ」

格之進が権蔵の背中を叩くと、

「さっき、放っただよ。弾込めしねえといけねえ」

権蔵は間延びした声で言った。

「ええっ、じゃあ、どうすればいいんですよ」

すっかり狼狽《ろうばい》し、足がすくんでしまった。

「こっちに来ねえように願うだよ。決して猪の目を見たらいけねえぞ」

目を合わせるなと言われても合わせてしまうのが、格之進である。果たして猪は格之進に狙いを定めたのか、格之進に向かって唸り声を上げている。

それを見定めた権蔵はさっと横に退いて樹間に身を隠した。

「置いていかないでくださいよ」

情けない声を出してしまった。権蔵はけろっとしたもので、木陰に身を隠して弾込めを始めた。

しかし、弾込めには時がかかる。

その間にも猪は前脚で地べたを蹴り始めた。勢いをつけて格之進に突進してくるようだ。

「どうしよう」

熊から逃れたと思ったら今度は猪か。猪に突進されて、後ろは……。

そっと後ろを見ると、松の大木が天に屹立《きつりつ》している。猪に跳ね飛ばされて松に激突することになろうか。

咄嗟《とっさ》に、手に持った風呂敷をひらひらと振った。猪の目が風呂敷を追いかけた。格之進は両手で風呂敷の角を持ち、激しい両目の瞬きと共に身体の右に差し出した。

風呂敷目がけて猪が突進してきた。

風に揺れる風呂敷に向かって一直線に進む。

弾丸と化した猪は風呂敷に突入した。格之進の手から風呂敷が離れる。と、凄まじい衝撃音が響き、松の木が揺れた。

「いてて」

松ぼっくりが降り注ぎ、格之進の頭を直撃する。両手で頭を守りつつ猪を見ると動かない。死んだのか気を失っただけなのかは不明だ。

権蔵が近づいてきた。恨み言を投げてやろうとしたところで、猪の頭を鉄砲の台尻で二度、三度叩いて潰した。

「あんた、大したもんだ。いい猪を仕留めただよ」

褒められたところで、うれしくはない。

　権蔵は鼻歌を歌いながら、

「持って帰るべ。猪鍋《ししなべ》、御馳走《ごちそう》すんべ」

「どうやって持って帰るのですか」

　戸惑う格之進に、

「あんたが肩に担いで行くだよ」

　権蔵はけろっと答えた。

　仕方がない。命の恩人には逆らえない。格之進は腰を屈め、猪を抱き上げようとした。しかし持ち上がらない。重い上に死骸《しがい》と化した猪は何とも薄気味悪い。

「腰を入れて持ち上げるだよ」

　権蔵に鉄砲の台尻で尻を叩かれた。

　言われるまま踏ん張り、両目を瞑って、

「よいこらしょ」

　掛け声と共に肩に担ぎ上げた。

　担ぎ上げた途端に大きくよろめく。

　ずしりと重い。駄目だ。とてものこと動けない。深い下ばえが果てしもなく続き、足首に絡みついて歩行を邪魔している。

「親父さん、無理ですよぉ」

泣き言を返したところで、

「あれ、また熊だんべ」

権蔵は背後を指さした。

「熊！」

途端に格之進の足が動いた。自分の意志とは無関係に走り出してしまう。大急ぎで山を下る。

「熊が追いかけて来んぞ」

権蔵が背後から走ってくる。

立ち止まりかけたが、

「止まっちゃなんねえ」

権蔵に叱責《しっせき》され、追い立てられるようにしてひたすらに駆け下った。

登り口に至ったところで、

「熊なんかいなかっただよ」

権蔵は声を上げて笑った。

命からがら茶店に戻った。

「ひどい目に遭ったもんだ」

格之進は今も震えが止まらない。権蔵は裏庭で鼻歌まじりに猪を捌《さば》いている。

お縫が奥に来いと誘ってくれた。奥の板敷には囲炉裏《いろり》が切ってあり、鉄鍋が掛けてあった。お縫がいそいそと猪鍋の準備を行う。太い葱がぶつ切りにされ、味噌もたっぷりと入れられた。

捌かれた猪の肉が大皿に盛られ、権蔵が持って来た。

猪の獣臭が味噌で掃われて香ばしいものとなった。

「たんと食べなされ」

老婆は椀に猪の肉と汁、葱を景気よくよそってくれた。

途端に腹の虫が鳴った。

夢中で猪の肉にかぶりついた。

「あちち」

舌を火傷《やけど》してしまった。

「あわてんでもええ」

お縫がくすりと笑う。

「これ、飲んだらええわ」

権蔵が椀にどぶろくを注いでくれた。白濁し、口に含むと酸味があるが、まずくはない。慣れれば濃厚な味噌の風味とよく合って美味かった。

「あんた、無茶をなさったな」

権蔵が繰り返した。

「本当に助かりました、どうしても蕎麦貫さんの言っていたことが気になって仕方がないんですよ」

「蕎麦貫さん、何か言ってたかね」

「戸川村には、凄い薬草があるって」

口から出任せである。

「薬草じゃのうて毒草じゃ」

強く否定するように、権蔵は右手を振った。

ここで阿片のことを聞いてみようかと迷った。

「芥子が随分《ずいぶん》ありましたね」

「芥子もあるし、トリカブトもあるわな。蕎麦貫さんは神主さまと随分熱心に話をしておられたで。神主さまは普段は江戸におられるのじゃが、二月《ふたつき》に一度は村を訪れる。ところが、蕎麦貫さんが来るようになったらひんぱんに顔を見せられるようになったでな」

権蔵が応じると、

「江戸で売ったらどうですかって、蕎麦貫さんはしつこう神主さまに言うとったよ」

お縫いが言い添えた。

「蕎麦の売り込みだろう。蕎麦貫さん、戸川村の蕎麦は必ずや江戸でも評判を呼ぶって入れ込んどったもんな」

権蔵が言葉を継ぐ。

「蕎麦もそうだけんど、薬も売れるって言うとったよ」

お縫が続けた。

「毒草を売る気だったのか」

格之進の疑問に権蔵は首を捻り、

「ようわからんけど、大蛇山で穫れる薬草のことを言うとったけどな。蕎麦貫さん、この村が豊かになるって話しとったわ」

お縫につられて、

「そうだ。そんなこと言ってたな」

権蔵も思い出したようで、蕎麦貫は村人も儲かって暮らし向きがよくなると熱心に勧めていたと繰り返した。

やはり、蕎麦貫は芥子からの阿片作りを持ちかけたのではないか。それとも、既にこの村では密造していたのだろうか。

疑問は残るが、ともかく戸川家の企みが明らかになったような気がした。

四

十五日となって、千代ノ介は格之進の来訪を受けた。

「格さん、しばらくぶりですね」

千代ノ介が声をかけると、

「しっ」

格之進は立ち上がり、閉じられた障子を開いて庭をきょろきょろと見回した。いかにも大袈裟《おおげさ》な仕草は、格之進が妄想の真っ只中にあることを物語っていた。

格之進はうなずき、障子を閉めると席に戻ろうとしたがまたしても障子を開け、庭を見回した。ここで噴き出してはならじと、千代ノ介は己の頬っぺたをつねった。

「よし」

やっとのことで納得したようで、格之進は千代ノ介の正面に座った。

「いかがされました」

千代ノ介が問いかけると、

「聞いて驚くな」

格之進は眉根を寄せた。暑苦しい顔が際立つ。

「何事でござるか」

千代ノ介も格之進に合わせて深刻な顔を作った。格之進は腕組をして思案を巡らせ始めた。どうやら、話の整理をしているようなのだが、それならここに来るまでにやって欲しかったと思ってしまう。

格之進は驚くな、ともう一度前置きをしてから、

「熊に食われそうになった」

と言った。

あまりに唐突《とうとつ》で予想外の報告に、

「ええっ」

千代ノ介はのけ反《ぞ》ってしまった。格之進は大真面目に、

「いや、そのことではない。そうじゃ、猪をやっつけてやった。いや、そうでもなくて、戸川村へ行ったのだ。蕎麦貫の足跡を追ってな」

やっと話したいことがわかった。やはり、格之進は蕎麦貫を何処かの隠密と思い込んで探索に出向いていたのだ。

「戸川村に行っておられたのですか」

これは興味深い話が聞けそうである。今回の格之進は、満更妄想《まんざら》ばかりではあるまい。

「戸川村は実にのどかな村であった。村人によると、盗み一つ起きない、それはもう平穏な村でな。四方を山に囲まれ、蕎麦は美味い。おまけに猪もな。ところがだ。そんな平穏な村に限って、極めて不穏当な企てが進められているものだ。平穏こそが乱を育《はぐく》む。泰平に乱あり。由比正雪《ゆいしょうせつ》の企てがいい例だ」

横道に逸《そ》れるばかりで、いつまでたっても本題に入らない。

「戸川村で何があったのですか」

話を遮《さえぎ》り、本題に入ってくれるよう促した。

格之進は表情を引き締め、

「蕎麦貫が戸川村に行ったのは、蕎麦処であるからだけではない。阿片だ。阿片の密造をしていることを見つけたからだ」

そうか、これで繋がった。

蕎麦貫は戸川村で阿片が作られていることを知り、それをネタにして惺斎を強請《ゆす》っていたのではないか。戸川家としては阿片密造が表沙汰になれば、御家はただではすまない。蕎麦貫の口封じに出るだろう。

「格さん、でかした」

今度ばかりは、格之進の御庭番としての技量を称《たた》えずにはいられない。

「これくらいの探索なんぞ、朝飯前だがな」

格之進は誇らしそうに胸を反らした。

「これは大手柄ですよ。さぞや豪華な褒美が得られることでしょう」

千代ノ介が言うと、格之進の顔が曇った。

「それがのう」

格之進には珍しく憂鬱《ゆううつ》そうな表情である。

「いかがされたのですか」

「熊に食われそうになるわ、猪に突撃されるわ、おれが艱難辛苦《かんなんしんく》を乗り越えて摑んできた戸川家の企てを、上役《うわやく》は握りつぶす気なのだ」

格之進は吐き捨てた。

上役は、戸川家が旗本の模範になりつつある現在、そんなことで咎め立てをしてはならじという考えだという。

「たかが阿片と申すが、阿片は亡国の薬だぞ。人々がおかしくなる。そんなものを密造させていいのか。おそらく、戸川家は阿片を江戸で売り込む気なのだ。蕎麦貫にもちかけられて、大々的に売ろうとしておったのだ」

格之進は憤《いきどお》った。

「大々的に売ろうとしておるのは蕎麦ですよ」

「それは表向きだろう。蕎麦の陰で阿片をこそっと売ろうとしておるに違いない。こそっとだろうが、蕎麦粉などよりもよほど大きく儲けられるだろう」

格之進は拳《こぶし》で畳を何度も叩いた。

格之進の悔しさはよくわかる。

「おい、千代ノ介。戸川家の阿片密造、何としても上げてくれ。お主に任せる。このままでは気がすまぬ。本来ならおれが身命《しんみよう》を賭《と》して行わなければならぬのだが、それもできぬ。おれは情けない」

格之進は激する余り、目から涙を溢《あふ》れさせた。

「わかりました」

「やってくれるか」

格之進に見据えられ、

「やります」

千代ノ介ははっきりと請け負った。

しかし、いざ引き受けてみたものの、千代ノ介とて梨本から釘を刺された身である。うかうかとは動けない。それに、どうすれば戸川家を追い詰めることができるのか。もし格之進の推量どおり、戸川家が江戸で阿片を売ろうとしているのだとしたら、その証を摑めばいいのだが――。

おそらく阿片は戸川屋敷に持ち込まれているはずだ。もしや、戸川神社に隠されているのだろうか。

推測にしか過ぎないが、気になることがある。最初に戸川神社を訪れた時、惺斎は御神体を見せようとはしなかった。

それが、二度目に訪れた時には、本殿を開帳して御神体を拝ませてくれた。蟒蛇の如き大蛇さまであった。

最初訪れた時は見せなかった本堂に、阿片が隠されているのではないか。そんな気がしてならない。

千代ノ介が鬱々《うつうつ》とした気分に浸っていると、

「旦那さま」

障子の向こうから、文代が呼ぶ声が聞こえた。

障子を開けると、

「そろそろ、夕餉のご用意をしてもよろしいでしょうか」

「ああ、そうだな」

千代ノ介は、格之進に夕餉を食べていってくれと勧めた。

「すまぬ」

格之進は傷心の様子である。

やがて夕餉の膳が整った。

「まったく、御公儀は体面ばかりを気にしていかぬ」

格之進の嘆き節が始まった。右の耳から左の耳へと聞き流す。

「大変ですな、御庭番も」

「お主なら、おれの苦労がわかるだろう」

格之進の話に調子を合わせておいた。

「今宵《こよい》はくつろいでください」

「すまぬな」

一転して格之進は涙ぐんだ。

文代がどうしたのだというような目をした。ここは構うな、と目で答える。文代は居間から出て行った。

「格さん、あまり自分を責めてはいけませんよ」

「いや、おれは無力だ。自分の無力さを思うと嘆きたくもなるのだ」

格之進は涙目で訴えかけた。

「今夜はお役目のことは忘れてくださいな」

「そうだな、すまなかった」

一旦は受け入れた格之進であったが、じきにぼやき始めた。今夜は格之進のぼやきから逃れられそうにない。

「格さん、一度思う存分、蕎麦を食したらいかがですか」

「蕎麦か。そうだな、思うさま蒸籠を積んでみたいな」

格之進はそう応じたものの、がりがりに痩せた身体を裏付けるかのように食も細いときている。蒸籠二枚か三枚で腹一杯だと言うだろう。

「ところで、戸川村には蟒蛇が食するという野草は生えておりましたか」

「生えておっても不思議ではないな。確かめてはおらんが。ともかく、毒茸だのトリカブトだの、毒草には事欠かぬ山であったぞ。大蛇山は恐ろしい山であった」

格之進は思い出したのか怖気《おぞけ》を振るった。

「それから、これは覚えておいたほうがいい。熊に死んだふりは通用せぬ」

「そうなのですか」

「ああ、死んだふりなどしておったら、みすみす食い殺されてしまうぞ」

格之進は言った。

「覚えておきます」

「それからな、猪はまっすぐに突進する。猪突猛進《ちょとつもうしん》とはよく言ったものだ」

「なるほど」

「ともかく、探索の成果を役立てられぬとは無念だ」

格之進は首を左右に振り続けた。

五

散々に格之進のぼやきを聞かされた翌日、何はともあれ行動を起こさねばならぬと自分に言い聞かせた結果、戸川神社にやって来た。

戸川蕎麦の評判を聞きつけてか、以前とは違って参拝者がちらほらと見受けられた。巫女姿の伊代が千代ノ介に気づいて歩み寄って来た。

「伊代殿、戸川蕎麦の評判は大したものでございますな」

「そのようですね」

伊代は浮かぬ顔である。

「どうですか。外に出ませぬか」

「それが」

伊代は言い辛そうに顔を歪めた。

「いかがされたのですか」

「外に出ることを禁じられたのです」

どうやら、千代ノ介と外で接したことが咎められて、外出を禁じられているようだ。

「すみませぬ」

「一柳さまのせいではございませんわ」

いかにも不自由そうだ。

確かに境内には戸川家の侍が数人巡回している。監視されているのを見て取った千代ノ介は、声を潜めて伊代に問うた。

「神社の何処かで、芥子や阿片を見たことはありませぬか」

すると伊代は戸惑いの表情となり、しばし口を閉ざした。それから、

「わたくしは、そのようなものは目にしたことはございません」

「戸川村にある大蛇山には芥子が随分と生えておるようですな」

「立ち入りが禁じられておりましたから、見たことはありません」

伊代の言葉に嘘はないようだ。

これ以上、伊代に尋ねたところで、どうしようもない。

「伊代殿、これを」

千代ノ介は紙袋に包んだ今川焼を伊代に手渡した。

伊代は受け取っていいものか迷っている。

「さあ、どうぞ」

押し付けるようにして伊代に握らせると、千代ノ介は踵《きびす》を返した。急ぎ足で境内を横切る。鳥居を出たところで惺斎と会った。軽く会釈をして通り過ぎようとしたところで呼び止められた。

「一柳殿は寺社役同心であられますな」

改まった風にして聞いてきた。

「いかにも」

「まことに、そうでござるか」

惺斎は顎《あご》を掻いた。

「いかがした」

「いや、寺社役同心に一柳というお方はいないとのことですのでな」

惺斎は自分のことを調べたようだ。

千代ノ介が無言でいると、

「何者だ」

惺斎は低く、くぐもったような声で尋ね返した。言葉遣いも乱暴になっている。

「蕎麦っ食い侍、でござるよ」

「ふざけるな。当家を探っておるのだろう。御庭番か」

「違う」

「ならば何者」

「だから酔狂な男なのだ」

千代ノ介はあくまで恍《とぼ》け通した。

「申しておくが、当家に楯突《たてつ》くのは御公儀に楯突くも同然ぞ」

「旗本の手本だそうだな」

千代ノ介も強い目を向ける。

「そういうことだ。だから悪いことは申さぬ。これ以上、嗅ぎ回るのはやめよ」

「でないと蕎麦貫のようになると言いたいのか」

千代ノ介はにんまりと笑った。

「おのれ」

惺斎は唇を震わせた。

「伊代殿が不憫《ふびん》ではないか。蕎麦と蛇に縛られた生涯だ。若い身空で哀れに過ぎる」

「余計なお世話だ。むしろ、伊代は大蛇さまにお仕えすることができ、果報者である。戸川村の者なら誰もが羨《うらや》むことだ」

惺斎は胸を張った。

呆れて言葉が出てこない。

「ならば、これにて」

惺斎は鳥居を潜った。

「ふん」

千代ノ介は石ころを蹴飛ばした。


さてどうしたものかと思案をしながら、梨本を訪ねることにした。

江戸城中奥の御堂で梨本と面談に及んだ。

「梨本さま、戸川家への探索を行いたいと存じます」

「だから、申したではないか」

梨本は相変わらず苦い顔である。

「御承知くださりませ」

千代ノ介は、格之進が戸川村を探索した時の様子を語った。梨本の表情がより険しくなった。

「山小屋に阿片があったというのか」

「見過ごしにはできませぬ」

千代ノ介は言葉を強めた。

「だからと申して、江戸で阿片を売っておることにはならぬのではないか。あくまで、戸川村の中で阿片が密造されていたということだ」

「ならば、阿片のことを戸川家に問い質《ただ》してもよろしいかと存じます」

「そんな必要はない」

梨本は頑《かたく》なだ。

「死んだ者もおるのですぞ。梨本さまはたかだか行商人とお考えかもしれませんが、わたしは得心がゆきませぬ」

自然と語調が強まる。

「困ったものじゃな」

梨本は小さくため息を吐いた。

「放ってはおけませぬ」

千代ノ介は強く言い残して御堂を出て行った。

ま、これでいいだろう。

承知しなくとも、一応の断りを入れたのだ。

その足で福寿屋にやって来た。

店で三木助と向かい合った。

「蕎麦貫さん殺しの探索はいかがなったのでしょう」

三木助に問われ、

「未《いま》だ捕まらずだ」

苦しそうに答えると、三木助の顔は失望に彩《いろど》られた。

「それで、もう一度思い出してもらいたいのだが。蕎麦貫は何か新しい薬を見つけたとは言っていなかったか」

三木助は即座に、

「ええ、よくご存じで」

「どのような薬だ」

「蟒薬でございます。薬を商う者の間では伝説となっておる薬を、蕎麦貫さんはついに探り当てたとおっしゃっておられました」

そうではない。そっちではない。阿片だと内心で呟く。しかし、まともな薬種問屋なら阿片の取り扱いなどしないし、扱うことを公にするはずもない。

「他にはないか」

「他とは……」

三木助は首を捻った。

「阿片」

ずばり言ってみた。

「御冗談を」

笑顔を浮かべたが、三木助は強く否定した。

「冗談だ」

千代ノ介も笑って誤魔化《ごまか》した。

「手前どもはまっとうな薬以外、商ってはおりません。そのことは蕎麦貫さんもよくご存じでございます」

三木助はあくまで、自身が真面目な商人であることを強調したいようだ。

「ところで、戸川蕎麦は食したか」

「……はい」

声音が明確ではないということは、あまり好きではないのだろう。

「近々、戸川神社の境内で闘食会が開催されるそうですぞ。よろしかったら、一柳さまもご出場なさったらいかがですか」

「ほう、闘食会か」

これはいいことを聞いた。

「そなたも出るのか」

「蕎麦貫さんを偲《しの》んで、出ようかと思います。あまり食べることはできませんが」

「戸川蕎麦はちょっとくどいような気がするな。蕎麦貫は気に入っておったのかな」

「さて、どうでしょうか。でも、太いだけに食べ甲斐《がい》があるようにも思えます」

決してけなさないのが三木助のいいところなのだろう。いかにもまっとうな商いしかしないと公言しているだけのことはあった。

「きっと、蕎麦っ食いたちは早晩、飽きるのではないか」

「しかし、大した評判でございます」

「戸川家は儲かっておるかもしれんがな」

「そうですな。まこと、戸川さまは評判どおりの御立派な御家でございます。手前どもはお出入りが叶って光栄でございます」

「忙しいところ、すまなかったな」

千代ノ介は立ち去った。

第六章　蕎麦斬り

一

二十日の朝、江戸城中奥にある御堂で、しばらくぶりに家斉と対面した。

「まだわからぬのか」

家斉は蕎麦貫殺しの下手人が挙がらないことに苛立《いらだ》ちを募《つの》らせた。梨本は口を閉ざしている。

ここで戸川家のことを持ち出そうか。

梨本は目で戒《いまし》めている。梨本のもっともらしい顔を歪ませたいとも思うが、楽しみのためにやっていいことではない。

梨本は話題を変えようとしたのか、

「上さま、戸川蕎麦は大した評判となっておりますぞ。近日中にも戸川殿の屋敷内にて闘食会が催されるとか」

さぞや家斉も興味津々《しんしん》の目をすると思いきや、不機嫌な顔となり、

「そうか」

と素っ気なく返しただけだ。

当てが外れたのか、梨本は笑顔を引き攣《つ》らせ、

「幕閣も強い関心を持っております。今後の旗本のあり方を指し示すものだと褒めそやす向きもございます」

戸川家が蕎麦の専売所を設け、領地の特産物を売りに出すことが困窮する旗本の自立を促すものだと強調した。家斉は関心なさそうにあくびを噛み殺し、

「出羽なぞは褒めそやすがのう、武士が蕎麦を商うというのは、いかがなものかのう」

梨本ははっとして、

「何か都合悪しきことがございますか」

「不都合なことと申すよりは、不似合いであろう」

家斉は言った。

梨本の目が戸惑いに揺れる。

「不似合いと申されますと」

声がしぼんでゆく。

「蕎麦と申すものはのう、民、すなわち江戸っ子の食べ物ぞ。町民どもが食するさまが絵になるものじゃ」

「さようでございましょうか」

「その方《ほう》とて、蕎麦の食べ方はなっておらんぞ。裃《かみしも》を着て居住まいを正し食するものではない」

助次郎から教わった蕎麦の食べ方を稽古しているのだが、一向に上達しないことをもどかしく感じ、武士の食べ物ではないと家斉は思い始めたのだろうか。

大奥で稽古していたこともあるといい、

「御台《みだい》がのう、余が蕎麦を食べる様を非難《ひなん》しおって」

御台所《みだいどころ》、寔子《ただこ》とは決して夫婦仲のよい家斉ではない。顔を合わせるのは儀礼の場くらいである。言葉を交わすことも滅多にない。それが寔子の耳に入るほど、家斉の蕎麦へののめり込みようが大奥で評判となっているという。寔子から蕎麦の食べ方がはしたないと文句をつけられ、家斉は苦い顔なのだ。

「ですから、今少し稽古をなされば」

梨本が取り繕おうとすると、

「気休めを申すでない」

家斉はぴしゃりと跳ね除《の》けた。

梨本は畏《かしこ》まって両手をつく。

「千代ノ介、何と申したかのう」

「何と、と申されますと？」

「餅じゃ。餅は持ち回り……ではない。ほれ……」

「餅は餅屋でございますか」

「それよ、餅は餅屋じゃ。蕎麦は江戸っ子に任せればよい」

梨本が、

「おそらく戸川殿は武家風の所作で蕎麦を食することを推奨《すいしょう》するものと存じます」

「たわけたことを申すな。武家の作法なんぞで蕎麦を食したらまずくて敵《かな》わぬぞ。のう、千代ノ介」

賛意を求められ、

「御意にございます」

勢いよく返事をした。

梨本の苦い顔は無視した。

「戸川の試み、余は反対は致さぬが、あるべき旗本の姿とは思わぬ。それより、民の楽しみを奪うような事態にはならぬよう目を配れ」

家斉は梨本に命じ、御堂を出た。

梨本と二人きりになったところで、

「戸川家の企て、暴き立ててもよろしゅうございますか」

千代ノ介は問いかけた。

「さて、どうしたものか」

梨本は言葉を曖昧《あいまい》にした。

「とにかく、真実を突き止めたいと存じます。もし、戸川家のまことの狙いが蕎麦にはあらず、この世に災いをもたらす邪悪な物を広めんとすることならば、目を瞑《つむ》ることはできませぬ。邪悪の上に成り立つ行いは、たとえどのような善行であれ、所詮《しょせん》は悪事に過ぎぬものでございまする」

千代ノ介にやり込められたかのように梨本は唸り、

「そなたの申すとおりじゃ」

「ならば、戸川家の企てを暴き立ててよろしゅうございますな」

「よかろう。但《ただ》し、初めから悪事ありきでの探索はいかぬぞ。すなわち、戸川家は阿片を作り、密売しようとしているという結論ありきで探索に当たってはならぬということじゃ」

梨本は念押しした。

「心得ました」

千代ノ介は低く太い声で応じた。

さて、これで戸川家に挑む決意は固まったが、何を突破口とすべきか。伊代の協力を求めようか。いや、あの不幸な乙女を血なまぐさい争いに巻き込むのは憚《はばか》られる。

となると……。

夜陰《やいん》に紛れて戸川屋敷に忍び込み、屋敷内を探るか。

しかし、闇雲《やみくも》に探ったところで阿片を見つけ出せる可能性は低い。

何か突破口はないか。

やはり、蕎麦貫だ。蕎麦貫を殺さねばならない理由が戸川家にはあったのだ。ならば、蕎麦貫を突破口にすべきだが、死人に口なしである。

いや。

死せる孔明《こうめい》、生ける仲達《ちゆうたつ》を奔《はし》らす。

蕎麦貫には、もう一働きしてもらおう。

神田鍛治町にあるお富の家にやって来た。

長屋の一軒の前に立って腰高障子を軽く叩き、

「お富、先だって南の奉行所で会った一柳だ」

と声をかけると、程なくして腰高障子が開けられた。中からお富が顔を出す。

今日も愛嬌たっぷりの笑顔だ。

「すまんな、突然」

「かまわないですが、お侍さまがどんな御用向きで」

言ってから、どうぞと中へ入れてくれた。土間を隔《へだ》てて小上がりの板敷がある。四畳半ほどだろうか。狭いながらもよく整頓された家である。お富の几帳《きちよう》面《めん》さが窺われた。

部屋の隅の木箱に蕎麦貫の位牌《いはい》が置かれ、線香と蒸籠に盛られた蕎麦が供えられてあった。千代ノ介は位牌に両手を合わせた。

「ど〜も」

——頭上から発せられるような蕎麦貫の明るい声が思い出される。

冥福《めいふく》を祈ってからお富に香典《こうでん》を渡し、話を切り出した。

「蕎麦貫の仇《かたき》を討ちたいのだ」

お富はきょとんとなった。

「蕎麦貫はそなたの亭主だが、それほど所縁《ゆかり》を抱いておらぬのかもしれない。素性もよくわからぬままに所帯を持ったのだからな」

「ですけど、こんなことを言うと調子のいい女と思われるかもしれませんが、毎日蕎麦を供えて位牌に話しかけていると、あの人のことが身近になったような気がしてくるんです。そのせいか、それほど好きじゃなかった蕎麦ばかりを食べるようになってしまってます」

お富は頬を赤らめた。

「仏になった蕎麦貫と語らって、亭主のことを多少なりとも思い出したか」

「寝物語で聞いた話をぽつりぽつりとですけど、思い出しては笑ったり、泣いたりしています」

　お富は言った。

「どんなことだ」

「あの人に聞いたんです。どうしてあたしと所帯を持とうなんて考えたのかって」

　蕎麦貫は、お富と店を出したいと考えていたのだそうだ。

「薬屋をやりたいって言ってました。行商暮らしは、いい加減に疲れたってといっても、高麗人参のような高価な薬は新潟まで仕入れに行きたい。店の留守を任せられるような女を女房にしたいということだったという。

「それと、こんな話もしていました。幼い頃に二親《ふたおや》とは死に別れて、親戚をたらい回しにされ、十三歳で村を飛び出して行商人になるまで相当に苦労したそうです。盗みを働いて飢えを凌《しの》いだこともあったと言っていました。家族を持つことに憧《あこが》れていたみたいですね」

　お富は蕎麦貫の位牌をちらっと見た。

　蕎麦貫は、店を持つのと女房を得て家庭を得ることに必死になったのだろう。

それだけに、戸川家との繋がりができたのは、まさしく夢の実現に向けての大きな一歩であったに違いない。

「蕎麦貫の仇を討つ」

もう一度言った。

「誰がうちの人を殺したんですか」

お富は初めてうちの人と呼んだ。

二

「仇討ちにはそなたの手助けが必要なのだ」

千代ノ介は切り出した。

「何でもおっしゃってくださいな。あたし、やりますよ。蕎麦を百枚食べろって言われたら食べますから」

お富はあくまで根の明るい女であった。

「蕎麦貫を殺したのは、戸川惺斎だ」

「戸川さまというと、うちの人がよく通っていた信州の戸川村を領地になさっておられるお旗本ですか」

千代ノ介はうなずくと、

「惺斎は当主大炊ノ介の弟で、戸川神社の神主だ。蕎麦貫は惺斎と懇意にしており、儲け話を持ち掛けたと思われる。ところが、それは戸川家にとっては表沙汰にできないことであったのだ」

「じゃあ、うちの人は悪いことをしていたんですか」

お富の顔が曇った。

「悪いことといえば悪いことだ。おまえと一緒になって薬屋を営むために悪事をした。夢のための悪事に携《たずさ》わったということだ」

「あたしや自分の夢のためにね……。うちの人、人は好いんだけど、反面ずるいところもあったから」

岡場所で酒を飲んでいた時も、チロリの半分ほどを空けてから、中に虫が入っているという騒いで新たに一本届けさせたこともあるという。

「気は弱いんですけどね、妙に知恵が回るところがありましたよ」

おかしそうにお富は笑った。

蕎麦貫の人柄が偲ばれる。

「好い人で悪い人、でも憎めない人でしたね。ねえ、あんた」

お富は位牌に語りかける。

次いで、

「あたしだって、人のことを言えた義理じゃないですよ。通って欲しさにこれっぽっちも惚れていないのに、あんたしかいないって文《ふみ》をあっちこっちの男にしたためたりしてたんですからね」

と、さばさばとした調子で打ち明けた。

「ならば、手伝ってくれるか」

「やりますよ」

「惺斎宛に文をしたためてくれ」

「仮名《かな》しか書けませんけど、いいですかね」

「かまわん。そのほうが真実味がある」

千代ノ介に返されて、お富は筆を取った。『蕎麦貫から聞いた阿片を持っている。ついては表沙汰にして欲しくなかったら、二十二日の朝六つ（六時）、金五十両を根津権現の門前に持って来い』という文面をしたためさせた。

「これで、うまくいくんでしょうかね」

「いく。今、戸川家はまさしく威信がかかっておるからな。少しでも悪評が立つことは避けたいに違いない」

「わかりました」

お富はしっかりとうなずいた。

これで、あとは罠《わな》にかかるのを待つだけである。単純なことだが、こうしたことが一番効き目があるものだ。

千代ノ介は手ぐすねを引いて当日を待った。


助次郎の絵草紙屋に顔を出した。

「暇だね」

千代ノ介をなじる助次郎が、暇を持て余しているのだから世話がない。

「何を言っておるのだ。わたしは大事なことを伝えに参ったのだぞ」

いかにも心外だとばかりに顔をしかめる。

「何ですか」

助次郎は億劫《おっくう》そうだ。

「決まっておろう。番付表だ」

「何の番付表ですか」

助次郎は鼻くそをほじっている。

「蕎麦番付だ」

「ああ、あれ」

あまり興味がなさそうである。あくびを漏らしながら、

「だって、戸川蕎麦で決まりでしょう」

と、うんざりした調子で言った。

「ところが、さにあらずだ。戸川蕎麦は番付から落ちるぞ」

「でもね、あたしんとこじゃありませんが、もう大関にしている番付表が出回っていますよ」

助次郎は帳場机にあった蕎麦番付表を手渡した。なるほど、戸川蕎麦が大関になっている。先を越された助次郎はやる気を失っているようだ。

「早く出さなくてよかったのだ」

「そうですかね。番付表ってのは、旬《しゅん》なんですよ。旬が大事なんです。先を越されてしまったんじゃ、番付表を出す意味なんてあったもんじゃござんせんや」

「しかしな、早まって不確かな番付表を作ったのでは信用を失うぞ」

「そりゃそうですがね……、あれ、どうしたんですよ。一つ柳の旦那、戸川蕎麦

に物言いをつけるってんですか」

興味を抱いたようで、助次郎はふくよかな身体をよじらせた。

「物言いは大いにつけたいところだ」

千代ノ介は言った。

「どうしてですよ」

助次郎は座り直した。

「今は申せぬがな。戸川蕎麦は番付表に載せられなくなる」

「なんだか面白そうじゃござんせんか。あたしは、あの蕎麦は江戸っ子には合わないって思ってましたからね。あれは太すぎるし、喉越しが粋じゃねえや」

途端に助次郎はけなし始めた。実に単純な男である。

「ともかく、これから戸川蕎麦の評判は地に堕《お》ちる」

「よくわかりませんがね、一つ柳の旦那のことを信じますよ。ところで、戸川神社で行われる闘食会、旦那は出るんですか」

「出るつもりだ」

「あたしはやめておきますよ。どうも気が進まないですからね」

「そのほうがいい」

「なら、あたしは戸川蕎麦に替わるようなうまい蕎麦でも見つけましょうかね」

助次郎は爛々《らんらん》と目を輝かせた。生き甲斐を見出したかのようだ。

「旦那も一緒にどうです。どうせ、暇でござんしょう」

「遠慮しておく」

助次郎と一緒に蕎麦屋を梯子《はしご》するなど、思っただけでもぞっとする。これから戸川惺斎との対決が待っているのだ。その前に腹など下すわけにはいかない。

「番付は、自分の足で歩いて自分の目で見てくることが大事なんですよ」

もっともらしいことを言っているが、食べ物以外で足を運ぶことがない助次郎である。これはこれで逸材《いつざい》なのかもしれない。

「ご高説承《うけたまわ》った」

畏《かしこ》まった顔で返事をする。

そこへ妹のお純が顔を出した。

「丁度いい。お純、店番を頼むよ。あたしゃこれから番付の仕事をしなきゃいけないからね」

「兄さん、食べ過ぎに注意しなきゃ駄目ですよ」

お純はお見通しである。

「腹も身の内だからね」

言いながら、助次郎は満面に笑みを広げた。

三

二日後――。

白々《しらじら》明けの六つ、根津権現の門前に千代ノ介はやって来た。

乳白色の空に青みが差してゆく。地平の彼方は朝焼けで赤みがかっていた。

心細げに目を伏せて佇んでいたお富であったが、時が経つにつれて肚《はら》を決めたように顔を上げた。

風が吹きすさび、枯葉が舞う。冷気が千代ノ介の襟から忍び入る。かじかむ手に息を吹きかけ、体が冷えぬよう足を踏み鳴らした。敵を待つ緊張が身体中をさいなむ。

やがて、

「なっと、なっとぉ～、納豆」

朝靄《あさもや》の中から納豆売りの声が聞こえた。夜明け前だというのに、商売熱心なのかそれとも時を間違えたのか、あるいは寝ている者たちへの嫌がらせか。どうでもいいことを考えていると、納豆売りの声が突如としてかき消された。代わりに足音が近づいてくる。

一人や二人ではない。

大人数の、しかもその慌ただしさたるや、火事現場に駆け付ける火消しのようだ。

薄れゆく靄を通り抜け、複数の侍が現れた。

見覚えある顔がいる。戸川神社の境内で警護に当たっていた者だ。そして、何よりも戸川惺斎が先頭に立っていた。神主の装束ではなく、羽織袴に大小を帯びた侍姿である。

惺斎たちはお富を囲んだ。

「な、なんだい、大挙して」

気丈にも、お富が声を張り上げた。

「女。わしを呼び出しておいてその言い草はなかろう」

「ずいぶんと大勢じゃないか」

「一人で来いとは書いておらなかったぞ」

「ま、いいさ。金は……、五十両は持って来たんだろうね」

「そんなものは持って来ておらぬ」

「じゃあ、何しに来たのさ」

お富が強く言い返すと、惺斎は答えることなく身を引いた。侍たちが前に出る。

お富の顔が恐怖に引き攣った。

ここで、

「それまでだ」

千代ノ介は鋭い声を放ち、柳の木陰から飛び出す。

惺斎たちは一斉に振り返った。

「そうか、おまえが仕組んだのか」

惺斎が言った。

「馬脚《ばきゃく》を現したな、戸川惺斎」

「なんのことだ」

うろたえることなく惺斎が返した。

「お富の文に泡を食って、大人数でやって来たではないか」

「だからどうした」

「阿片を作り、売りさばこうとしていることを蕎麦貫に知られ、おまえは蕎麦貫の命を奪った。ところが、蕎麦貫はちゃんとお富におまえたちの悪行を伝えていた。おまえはお富の口までも封じようと、やって来たのだろう」

千代ノ介は惺斎に鎌《かま》をかけた。

「出鱈目《でたらめ》を申すな」

「出鱈目なものか」

「わしがやって来たのは、当家に泥を塗るが如《ごと》きこの女の所業を止めさせせんとしてのことだ」

「ならば、おまえ一人で来るのが筋というものぞ」

「この女は狡猾《こうかつ》だ。女の身でありながら、神君家康公をお守りした由緒ある戸川家を根も葉もない大嘘で強請《ゆす》ったのだからな。わしがこの女の誤りを正すことのできぬ場合は、しかるべき裁きを受けさせねばならぬ。よって、町奉行所に引き立てんと、配下の者を連れてまいったのだ」

まるで祝詞《のりと》を唱えるような朗々《ろうろう》とした惺斎の声が響き渡る。

あくまで白《しら》を切り通すつもりなのだろう。

千代ノ介が口を閉ざしたため、自分の言い分が通ったと思ったのか、惺斎は侍たちに目くばせをした。

二人がお富の背後に立ち、左右から両の肩と腕を摑んだ。お富の顔が苦痛に歪む。

「手を離せ」

甲走《かんばし》った声を浴びせると、千代ノ介は侍たちの手を打ち据えた。お富から手が離れる。

惺斎は薄笑いを浮かべ、

「今日のところは勘弁してやる。だがな、これ以上当家の評判を貶《おとし》める行いをいたすならば、一柳、そなたもこの女と謀《はか》り、当家を強請った者としてしかるべき処置を取る」

「いいだろう。やれるものならやってみろ」

売り言葉に買い言葉だ。

喧嘩の虫が騒いだ。

「その言葉、忘れぬぞ」

惺斎は鼻で笑った。

この瞬間にも、頬骨を砕くような鉄拳《てっけん》を見舞ってやりたい衝動を必死で抑えた。

「おまえたちの悪行は必ず暴く。悪行にまみれた戸川蕎麦は、番付表から転落するのだ」

「威勢がいいのは言葉だけではないか。確たる証もないくせに、負け犬の遠吠えにしか聞こえぬわ」

「いつまでその強がり、続けられるかな。いいか、この一柳千代ノ介、売られた喧嘩を買わなかったことはない。そして、買った喧嘩に負けたためしはなし」

役目を忘れ、正真正銘《しょうしんしょうめい》の喧嘩沙汰になってゆく。熱くたぎった血潮で顔が真っ赤になるのが自覚できた。

熱する千代ノ介を煽《あお》るかのように惺斎は、

「まったく、身の程をわきまえぬ阿呆《あほう》につける薬はないな。ま、吐いた唾は飲まぬように致せ」

冷ややかに告げると、侍たちを引き連れて引き上げて行った。

お富は呆然《ぼうぜん》と立ち尽くした。

野鳥の囀《さえず》りがかまびすしくなり、朝日が差してきた。

「お富、すまぬ。わたしの勇み足だ」

こくりと頭を下げると、

「でも、これではっきりしました。うちの人はあの人たちに殺されたんだって」

「改めて誓う。蕎麦貫の仇はきっと取るとな」

「よろしくお願い致します」

お富は言った。

惺斎に啖呵を切ったのはいいが、あちらから指摘されるまでもなく、戸川家を追い込む材料がない。

警戒を厳重にしているであろう戸川屋敷と戸川神社を探ることはできない。

焦ってはいい結果をもたらさないと、己が所業を悔いた。

屋敷に戻った。

文代が庭の掃除をしていた。手拭《てぬぐい》を姉《あね》さん被りにして、枯葉を箒《ほうき》で掃いている。

「お早うございます。どちらにお出かけになっていらしたのですか」

「まあ、ちょっとな」

惺斎への不快感ゆえ、ぶっきらぼうでしかも曖昧な返事をしてから空腹を訴えた。文代は不満げに口を閉ざしたが、朝餉を求められると気を取り直すように台所に向かった。

文代に当たってしまったことに気が差し、箒を手にすると掃除を始めた。黄落《こうらく》した銀杏《いちょう》の枯葉を庭の隅に掃き寄せる。こんもりとした盛り上がりが出来て、何とも言えぬ充実感を抱いた。すると、俄然やる気が起き、庭中をきれいにしたくなる。

池の周り、石灯籠《いしどうろう》の下を掃除すると、身を屈めて庭石の下にまで箒を差し入れ、落ち葉を掻き出す。

焚火《たきび》でもするか。

いや、万が一火事にでもなったら、周囲の屋敷に類焼を及ぼす。やめておいたほうがいいだろう。

ともかく、すっきりした。

掃除はいいものかもしれない。庭だけではなく、心もきれいになったような気分だ。身体も温まり、額にうっすらと汗が滲んだ。

清々《すがすが》しい朝の空気を胸一杯吸い込み、手巾《しゅきん》で額を拭うと、

「千代ノ介」

と、木戸から格之進が入って来た。肩を怒らせながら大股で庭を横切って来る。

「格さん、気をつけて……」

注意を喚起したが、格之進の耳には入らなかったようで、せっかく掻き集めた落ち葉の小山を蹴散らして千代ノ介の前に立った。

「ああ……」

天を仰《あお》いで絶句する千代ノ介に、

「どうなっておるのだ」

時節外れの暑苦しい顔で、格之進は問いかけてきた。言葉足らずだが、戸川家の阿片製造、密売摘発がどうなったのかを問うてきたのは明らかだ。千代ノ介に任せると一度は引っこんだものの、やはり気にかかって居ても立ってもいられなくなったのだろう。

「励んでおりますよ」

努力の成果を無駄にされ、不愛想に返してしまった。次いで、格之進の足元に絡みついた落ち葉を箒で掃いた。格之進は後ずさりしながら、

「励むのは当たり前だ。成果はあったのか」

「まあ、なんとか」

箒の手を休める。

「なんだ」

「いや、それは」

「機密ということか」

「そういうわけではないのですが」

焦りから空回りしたことで、言葉に力がこもらない。

すると、格之進の顔が輝いた。

嫌な予感がする。

「仕方がない。他ならぬ千代ノ介のためだ。上役の目を盗み、一肌脱いでやろうぞ」

格之進に暴走されては、有難《ありがた》迷惑なことこの上ない。

「一肌脱ぐとは、どうするんですか」

きっと格之進のことだ。戸川屋敷と戸川神社に潜入し、阿片を探り出そうというのだろう。

果たして、

「戸川屋敷と神社を探るのだ」

「それは有り難いことですが、格さん、万が一にも見つかっては格さんの身が危ういですよ」

「平気だ」

「いけません。公儀御庭番家筋の村垣格之進が戸川屋敷に潜入し、捕まったとあっては大事《おおごと》になります」

「そんなことにはならぬ」

「もちろん、格さんがしくじるとは思えませんが、それでも何が起きるかわからぬのが世の中でございます」

必死に宥《なだ》めても格之進は動じることなく、

「おれは夜陰に紛れてこっそりと忍び込むわけではない。白昼、正々堂々と戸川屋敷に乗り込むのだ」

胸を張って見せた。

「どういうことですか」

「闘食会に出場するのだ」

戸川神社で催される闘食会に出る気になったようだ。

「お主も出ろ。おれが、敵の目を引き付ける。その間に千代ノ介は屋敷内や神社を探索するのだ」

格之進にしてはまともな考えである。ただ、そう都合よく事が運ぶだろうか。千代ノ介が出場することを惺斎は拒みはしないだろうが、当然のことながら強い警戒心を抱くはずだ。

それならば……。

「格さんが探ってください。わたしが敵の目を引き付けておきます。格さん、手柄を立ててください」

千代ノ介の申し出を、

「そうか。よし、任せろ」

格之進は力強く引き受けた。

四

戸川神社の闘食会の日を迎えた。

神無月の晦日《みそかび》、冬の昼下がりにしては幸いにしてぽかぽか陽気となった。格之進とは別行動だ。

格之進は薬の行商人に扮《ふん》している。闘食会と蕎麦販売の手伝いにやって来た戸川村の領民に気さくに声をかけ、茶店の主人夫婦に世話になったことを話すと、格之進は快く迎え入れられた。

一方、千代ノ介は、神社の鳥居前で惺斎に呼び止められた。

神主姿の惺斎は出場者に笑顔を振りまいていたが、千代ノ介に気づくと、

「何をしに来た」

険のある目を向けてきた。

「決まっておろう。闘食会に出場するのだ」

千代ノ介が返すと、

「よくも抜け抜けと申せたものよ。開いた口が塞がらぬとはこのこと。出場するのは遠慮してもらう」

惺斎が吐き捨てると、侍たちが千代ノ介を取り巻いた。

「蕎麦好きなら誰でも出場できるのではないのか」

「誰でも、と申しても、当家に悪意を抱く者に戸川蕎麦を食べさせることはできぬ。どんな嫌がらせをするかわからぬからな。さあ、帰った帰った」

惺斎はくるりと背中を向けた。

侍の一人に胸を押された。

よろめきながらも踏み止まって、

「待て、戸川惺斎」

と、凛《りん》とした声を投げかけた。

惺斎は足を止め、振り返った。表情が強張《こわば》り、目元がぴくぴくと動いている。

「無礼な男とは思っておったが、寺社方同心と素性を偽《いつわ》っておった上にわしを呼び捨てにするとは許せぬ」

「ならば、素性を明かそう」

「ふん、おまえが誰であろうとどうでもいいことだ。闘食会への出場は断る。お引き取り願おうか」

こみ上げる怒りを嚙みしめるように、惺斎は口を固く引き結んだ。

「ところが、わたしは役目上、闘食会に出場せねばならんのだ」

「役目上だと。馬鹿なことを申せ。蕎麦の闘食会に出場する役目などあるものか。大方、ふざけたことを言って当家を探るつもりなのだろう。欺《あざむ》かれぬぞ」

惺斎は哄笑《こうしょう》を放った。

千代ノ介は懐中に手をやり、一枚の手形を取り出した。右手でしっかりと持

ち、惺斎に向かって突き出す。訝《いぶか》しむ惺斎に、

「この手形、とっくりと見よ」

木札を惺斎に突き付ける。

長さは四寸、幅は一寸程の黒檀《こくたん》の木札には金泥《きんでい》の文字で、「蒙御免《ごめんこうむる》　勧進元《かんじんもと》征夷大将軍　源《みなもと》家斉」と記され、名前の下に紺色の葵《あおい》の御紋《ごもん》が鈍い煌《きらめ》きを放っていた。

蒙御免——相撲番付表の中軸に書かれたこの言葉は、寺社奉行に認可された番付表であることを意味している。ということは、番付目付の役目遂行を将軍家斉が保証しているのだ。

「拙者、将軍家番付目付、一柳千代ノ介である。上さまより、市中に出回る番付表の真偽を確かめる役目を拝命する者であるぞ」

千代ノ介は、戸川蕎麦を大関にする蕎麦の番付表を左手で差し出した。

惺斎は戸惑い、目を白黒させている。

「番付目付……。そのような役目が御公儀《ごこうぎ》にあるなど……。聞いたことがない」

「偽りと申すか」

千代ノ介の強い口調と金色に輝く三つ葉葵の御紋に威圧されたように、惺斎

は、
「め、滅相《めっそう》もござらぬ」
と頭を下げた。
「役儀により、番付表の真偽を確かめる。まこと、戸川蕎麦が大関に番付される
にふさわしいか、この舌で確かめる。よいな」
最早、侍たちも言葉を返せない。それでも惺斎は、
「承知仕《つかまつ》った。存分にご賞味、いえ、ご検分くだされ。ですが、蕎麦の良し悪《あ》
しは一柳殿がお決めになるのですか」
物腰を柔らかくし、言葉遣いも改めた。
「拙者では心もとないと申されるか」
「心もとないというよりは、一柳殿は当家をよくは思っておられませぬ。そうい
うお方が判断されるのはいかがなものかと。それに、一柳殿は新蕎麦奉納祭にて
既に食しておられるではござらぬか。今更、蕎麦を賞味されるのは——」
「それならば心配はいらぬ。拙者も賞味致すが、畏れ多くも将軍家御用達《ごようたし》の番付
屋が出場する。その者たちが公正に蕎麦を吟味《ぎんみ》致すゆえ、間違いはない」
「将軍家御用達の番付屋とは」

悍斎は境内を見回した。視線を凝《こ》らし、それらしき者を探し求めているが見当もつかないようだ。

「明かすわけにはまいらぬ」

もっともらしく告げると、悍斎は渋々うなずいた。

将軍家御用達の番付屋などいるはずはないのだが、番付目付の手形がものを言い、悍斎を信じ込ませることができた。

「委細《いさい》承知した。ならば戸川蕎麦、思うさま食されよ」

ようやくのことで、悍斎は千代ノ介を受け入れた。

大手を振って鳥居を潜った。

新蕎麦奉納祭の時と同様、境内には筵《むしろ》が敷かれ、既に大勢の蕎麦っ食いたちが今か今かと蕎麦が配られるのを待ち構えている。奉納祭との違いは桟敷席《さじきせき》が設けられていないことだ。

悍斎たちは、千代ノ介に注意を向けている。悍斎配下の者たちも今日は闘食会への対応に追われ、屋敷内や神社は手薄となる。阿片探索にはまたとない機会だ。

すると、

「一つ柳の旦那」

と、背中から声がかかった。

助次郎だ。

松右衛門も一緒である。

「なんだ、出ないんじゃなかったのか」

助次郎に言うと、

「番付屋の意地ですよ。この舌で戸川蕎麦を吟味してやるんでさあ」

悪びれることもなく助次郎は言ってのけた。

まあ、好き勝手に食べさせておけばいいだろう。

千代ノ介を真ん中に左に助次郎、右に松右衛門が座った。

境内を見回すと、福寿屋三木助がいた。数人の男たちと一緒に、惺斎とにこやかに言葉を交わしている。漏れ伝わるやり取りから、男たちも薬種問屋とわかった。挨拶の後、三木助たちは筵の隅に座った。蕎麦貫のお蔭で戸川家への出入りが叶い、戸川家との繋がりを強くしようと、仲間と誘い合わせてやって来たようだ。だが、商売仇を連れて来るとは、三木助はよほど人が好いのか、はたまた何か魂胆《こんたん》あってのことか。

やがて、女中たちが戸川蕎麦を配って回った。裃に威儀を正した戸川大炊ノ介が、

「本日は存分に食せ。最も食した者には金子《きんす》五十両を与えよう」

境内にどよめきが起きた。

助次郎も、

「こりゃ豪気《ごうぎ》だ。さすがは戸川さま、御直参の鑑《かがみ》のようなお方だよ」

手放しの喜びようである。またも取らぬ狸の皮算用をしているようだ。

蕎麦とつゆが配られたところで、拝殿の濡れ縁に白衣《びゃくえ》と緋袴《ひばかま》に身を包んだ伊代が座った。伊代の前にも蕎麦が置かれた。伏し目がちな睫毛《まつげ》が微風《そよかぜ》に揺れ、眉《み》間《けん》にはかなげな影が差して見える。

ところが、伊代に注意を向ける者はない。眼前の蕎麦、いや賞金五十両の幻影に惑わされているのだ。

東叡山寛永寺の昼九つ（正午）を告げる鐘の音が聞こえた。

「さあ、食されよ。一時《いっとき》の間、思う存分にわが戸川蕎麦を賞味するがよい」

惺斎の合図で闘食会が始まった。

千代ノ介も箸を取り、蕎麦をつゆに浸す。助次郎は勢いよく啜り上げたが、

「太くてしつこいんだよな、この蕎麦。まったく粋じゃねえや」

文句を並べながらも蒸籠を重ねてゆく。松右衛門はというと、時折箸を休めては懐紙《かいし》に筆を走らせる。戸川蕎麦の風味と特徴を記していた。さすがは、番付表の御意見番である。

茶を喫《きっ》するような落ち着いた佇まいは、がつがつと蕎麦を手繰る助次郎とは好対照であった。

惺斎は参加者の間を巡回しながらも、千代ノ介に視線を向けている。千代ノ介はこれみよがしに、派手な音を立てて蕎麦を啜り上げ、さも吟味するかのように首を捻って見せた。

格之進はというと、最前列に陣取り蕎麦を食べながらも、腰を浮かして境内を見回している。

目立って仕方がないのだが、千代ノ介が惺斎の注意を引いているため不審がられてはいない。

参加者のあちらこちらから蒸籠の追加を求める声が上がった。ところが、信濃屋の闘食会の時よりも、蒸籠が積み重ねられる速度が鈍い。もったりとした戸川蕎麦に、蕎麦っ食いたちも苦戦を強《し》いられているようだ。

ただ、味わいは好評で、数を競う闘食の場にあっても、「美味い」と称賛の言葉が聞こえ、舌鼓を打っている者もいた。

ふと伊代に視線を転じると、箸を止めて息を吐いている。蒸籠は一枚だけ、とても普段の伊代の食べっぷりではない。

五

どこか具合が悪いのだろうか。

伊代の身に何か異変が起きたのか。

阿片の所在も気にかかるが、伊代も見過ごしにはできない。

千代ノ介の心配など何処《どこ》吹く風、助次郎は、

「五十両、五十両……」

熱にうなされたように繰り返しながら蕎麦を掻き込んでいる。蒸籠は十五枚を重ね、他の者たちを大きく引き離し、優勝へ向け驀進《ばくしん》していた。

惺斎が、伊代の食が進んでいないことに気づいた。千代ノ介の監視を配下の者に命じて拝殿に向かう。階《きざはし》を上がり濡れ縁に立つと、伊代に向かって話しかけた。

伊代は、いやいやをするように小さく首を横に振った。

闘食会が盛り上がっているところで、格之進は立ち上がった。誰に言うともなく、「厠《かわや》は何処かな」と呟いて歩き始めた。格之進に視線を向ける者はいない。これ幸いと拝殿の床下に潜《もぐ》った。冷《ひ》んやりとした空気が漂い、かび臭い。蜘蛛《くも》の巣が顔に貼り付いたが、戸川村の大蛇山を思えば極楽とは言わないまでも、これしきのことでたじろいだりはしない。現に両目は瞬かれていない。

床下を掘り返せば阿片が隠されているか、と四つん這いになったところで階を上がる足音が聞こえた。耳をすませると男女のやり取りが交わされていた。

「伊代、何故食べぬ」

「神主さま、わたくしは食べられないのでございます」

「具合が悪いのか」

「何処も悪くはございません」

「では、何故食べられぬのじゃ。蕎麦を食するのはそなたの役目ではないか」

「どうしてなのかわかりませぬ。蕎麦を受け付けぬのです。蕎麦が蛇に見えます」

「そなたは、蕎麦神こと大蛇さまにお仕えする身ゆえ、蕎麦が蛇に見えたとて不思議はない」

「でも、怖いのです。怖くて食せませぬ」

「それでは巫女の務めは果たせぬではないか」

「お願いでございます。辞めさせてくださいませ。戸川村に帰りとうございます。戸川村で蕎麦畑を耕《たがや》して暮らしとうございます」

「我儘《わがまま》を申すでない。おまえは戸川神社の巫女なのだ。さあ、食せ」

「食べられませぬ」

巫女の言葉に嗚咽《おえつ》が混じった。

「よし、食べられるように薬を与える」

「蟒薬でございますか」

「いいから、参れ」

ばたばたと騒がしい音がした。音は奥へと移動する。惺斎が巫女を引きずって行くようだ。

薬という言葉が引っかかった。

格之進も床下を進み、拝殿を抜け出た。目の前にある躑躅《つつじ》の植え込みに身を隠す。

本殿の前に惺斎と巫女が立っている。他にも商人風の男たちが並んでいた。

「福寿屋、丁度よい。阿片の効き目を見せてやる」

福寿屋と呼ばれた男がにこやかに手を揉み合わせた。

「ありがとうございます。手前どもも足を運んだ甲斐がございます。早速、分けて頂きとうございます」

「薬種問屋の中でも特に、その方らに扱わせるによって、十分な儲《もう》けを当神社に奉納せよ」

「それはもう、この福寿屋三木助、戸川さまのために薬種問屋の面目《めんぼく》にかけて商う覚悟でございます。手前どもだけでは売りさばくことできませぬゆえ、今日連れて来たみなさんと商いに励みます。みなさん、口が堅い上に商い上手でございます」

三木助は薬種問屋たちと顔を見合わせた。

こいつら、先ほどまでは闘食会に出場していた。そうか、闘食会を隠《かく》れ蓑《みの》に阿片の取引を行うつもりだったのだ。

惺斎は本殿に上がり、観音扉《かんのんとびら》を開けた。

「御神体の大蛇さまである」

恭《うやうや》しく告げると、三木助たちは柏手《かしわで》を打った。

本殿には蟒蛇の如き蛇の木像が鎮座している。

三木助たちが参拝を終えると、惺斎は、

「者ども」

と呼ばわった。

数人の侍たちが駆けつけて来た。惺斎が促すと侍たちは階を上がり、大蛇神像を押した。神像はみしみしと音を立て奥に動いた。神像が安置されていた床に四角い仕切りが入っていて取っ手が付いている。床下は穴蔵になっているようだ。

案の定、侍たちは取っ手を持ち上げ穴蔵へと入って行った。惺斎は伊代の手を摑み、階を上がる。

そこまで見届けると、格之進は拝殿の床下に潜り込んだ。

そろそろ蕎麦に飽きてきた。箸を置き、周囲を見回す。格之進がいないのは、探索を行っているのであろうが、福寿屋三木助と連れの薬種問屋たちもいない。三木助だけがいないのなら厠へでも立ったのかと思ったが、揃いも揃って不在となると不穏なものを感ずる。

それに、何と言っても伊代が惺斎に連れられ、拝殿の奥に消えたのが気がかりだ。

警護の侍たちは相変わらず千代ノ介を見張り続けていた。

動きたいところだ。じりじりと蕎麦を食べながら格之進を待つのはもどかしい。

我慢できない。

腰を浮かしたところへ格之進がやって来た。

両目を瞬かせて泥と汗にまみれた顔の格之進は、助次郎の食べっぷりと同様の暑苦しさを発散させていた。

助次郎が格之進に気づき、

「おや、あんた、信濃屋のどじな奉公人じゃないか。信濃屋を首になって、ここで蕎麦を運んでいるのかい」

助次郎は格之進のことを信濃屋の奉公人であったとまでは気づいたが、千代ノ介の婚礼で剣舞を披露していた侍だとは思ってもいない。

ところが余裕を失った格之進の耳には入らず、

「あった、あったぞ。蕎麦の神像だ」

と、助次郎を無視して喚《わめ》き立てた。

助次郎は眉根を寄せ、

「蕎麦のお替わり、持って来ておくれな」

ようやく格之進は助次郎に気づき、

「蕎麦なんぞない」

怒鳴りつけた。

「今、あったって言っただろう」

「あったのは蕎麦ではない」

噛み合わぬやり取りをする二人を放って、千代ノ介は走り出した。格之進も後を追おうとしたが、

「ちょいと、お待ちよ」

助次郎に着物の袖を引っ張られてひっくり返ってしまった。

猛烈な勢いで千代ノ介は拝殿の横を走り抜けた。侍たちが追いかけて来る。

本殿の前に至ると、福寿屋三木助と薬種問屋たちがいた。三木助たちは本殿に

上がり、穴蔵へと降りて行く。阿片を求めての行動だろう。

本殿の濡れ縁では煙管《キセル》を吹かした惺斎が伊代を抱き寄せている。

「吸え。これぞ蟒薬、大蛇さまの恵みぞ」

嫌がる伊代の口に惺斎は煙管の吸い口を突っ込んだ。伊代が激しく抗《あらが》う。

「そこまでだ」

千代ノ介は大音声《だいおんじょう》を発した。

惺斎の動きが止まる。凄い形相で千代ノ介を見下ろした。伊代は惺斎の手を逃れ、濡れ縁から飛び降りた。

「伊代殿、闘食会の場へ逃げよ」

強い口調で言いつけると、伊代は首肯《しゅこう》して走り去った。

「蕎麦の吟味だけしておれば無事に帰したものを……。かまわん、斬れ」

憤怒《ふんぬ》に駆られた惺斎が侍たちをけしかけた。

侍たちが一斉に抜刀し、千代ノ介に向く。

「よおし、やってやろうじゃないか」

熱き血潮がたぎり、高揚感に突き動かされて千代ノ介は南泉一文字の鯉口を切った。

「まとめてかかってこい。蕎麦の如く斬り刻んでやる」

咴呵を切ると同時に抜き放った。

正面から斬りかかってきた敵の頭上を横に払う。髷《まげ》が宙を舞った。

続いて右の敵には鳩尾《みぞおち》に拳《こぶし》を見舞い、左から襲ってきた二人には足蹴《あしげ》を食らわせた。

出鼻を挫《くじ》かれてたじろいだ敵に斬り込む。敵は算を乱し、千代ノ介を取り巻いた。間合いを取って様子を窺っている。

「何をモタモタしておるのだ。敵は一人ぞ」

惺斎に叱咤《しった》され、前後左右から敵が殺到した。

千代ノ介は跳び上がった。

空中で蜻蛉《とんぼ》を切って着地した。千代ノ介を見失った敵が同士討ちをし、悲鳴が上がる。

「こっちだ、ほぉれ」

からかいの言葉を投げかけ、千代ノ介は本殿の階を駆け上がった。

濡れ縁に立ったところで敵も追いすがってきた。

南泉一文字を右手だけで持つ。次いで、逆手に持ち替えると敵を睨んだ。じり

じりと迫り来る敵に向かって、

「南泉風車斬《なんせんふうしゃぎ》りだ！」

叫ぶや回転させた。

南泉一文字が風車のように回転し、斬りかかって来た敵の刃を跳ね飛ばした。

敵が蹴散らされたところで、本殿の穴蔵へ向かう。

すると、

「罰当《ばちあ》たりめ」

惺斎が大蛇の神像の影から現れた。

「罰当たりなのはおまえだ。戸川村の領民が代々に亘《わた》って丹精を込めて育ててきた蕎麦を阿片作りと、密売の隠れ蓑にするとは許せん」

「能書きはよい。おまえには大蛇神の祟りがあるぞ」

「祟られるのはおまえだ。将軍家番付目付一柳千代ノ介、本来なら戸川蕎麦の番付表転落を申し渡すところだが、戸川蕎麦に罪はない。だが、戸川大炊ノ介並びに惺斎、貴様らは罪を償《つぐな》え」

千代ノ介は冷然と告げた。

惺斎の顔に薄笑いが浮かんだ。

無性に腹が立った。

「戸川家、武鑑《ぶかん》より転落だ」

直参旗本家を改易《かいえき》にする権限などはないのだが、勢いで言ってしまった。

惺斎は動ずるどころか、笑みを深めゆっくりと歩き、柱に寄りかかった。天井から紐《ひも》がぶら下がっている。

「大蛇神の祟りだ！」

叫ぶと惺斎は紐を引っ張った。

天井が割れた。

割れ目から黒い塊《かたまり》が降ってくる。

一瞬、蕎麦かと思いきや、不気味に光る目と真っ赤な舌はまさしく蛇だ。

蝮《まむし》の他に、やまかがしも混じっている。

肩に絡《から》んだ毒蛇を手で払う。足元にのたくる蛇を踏まぬよう後ずさった。

「食らえ」

惺斎はもう一度紐を引いた。

割れ目は広がり、更に大量の毒蛇が降り注いできた。

咄嗟に千代ノ介は南泉風車斬りを繰り出した。

大量の蛇が胴を両断されたり弾き飛ばされた。弾き飛ばされた蝮が惺斎の顔面に貼り付いた。

「うぎゃあ！」

耳をつんざく悲鳴を上げるや、惺斎は床に倒れ込んだ。その拍子《ひょうし》に、紐が目一杯引かれた。一層天井が開き、三度目の毒蛇が降ってきた。

無数の蛇が、床を這う惺斎に落ちた。惺斎の身体は蛇で見えなくなった。こんもりと盛り上がった蛇の塊《かたまり》は、まるで蒸籠に盛られた戸川蕎麦のようだ。

惺斎の悲鳴が聞こえなくなった。

千代ノ介は本殿から転がり出た。

穴蔵から三木助たちが上がって来た。みな、頭や肩に蛇がのたくり、恐怖に顔を引き攣らせている。

闘食会では、

「離せ」

袖を摑まれた格之進が助次郎を怒鳴っていた。助次郎も意地になり、

「蕎麦を持って来い」

「嫌だ」

「あたしの優勝を邪魔するのかい？　五十両がかかってんだよ」

「知るか。自分で取ってくればいいだろう」

不毛《ふもう》の争いを続ける二人を呆れたように見ていた松右衛門だったが、さすがに放ってはおけなくなり、

「女中さんに言いつければいいでしょう。助次郎さん、意地を張りなさるな」

助次郎を宥めると、女中に蕎麦の追加を頼もうとした。

そこへ、

「蛇だ！」

泣き叫びながら三木助たちが駆け込んで来た。

「な、なんだ」

助次郎は口を半開きにして立ち上がった。

参加者の間に動揺が走り、会場は大混乱となった。

六

霜月《しもつき》十日の冬が深まった朝、千代ノ介は江戸城中奥の御堂に出仕した。

凍土を踏みしめるときゅっきゅっと鳴って、少年の日に帰ったような懐かしさを覚える。火鉢に手を翳《かざ》した家斉は血色がよく機嫌がいい。

梨本を通じて戸川家の騒動の顚末《てんまつ》は報告済みだ。

「千代ノ介の働きで、戸川家の阿片密売が明らかとなった。よって、戸川大炊ノ介は切腹、戸川家はお取り潰し、密売に加担せんとした薬種問屋どもは闕所《けっしょ》の上、遠島《えんとう》と裁きが下されたそうじゃ」

戸川家探索に及び腰であった梨本だが、戸川家の罪状が明らかとなると掌《てのひら》を返し、千代ノ介を褒《ほ》め称《たた》えた。多少の腹は立つが、終わり良ければ全て良しだ。

「御意にございます」

千代ノ介が頭を下げると、

「それから、そなたの従兄に当たる御庭番……」

「村垣格之進でございますか」

「そうじゃ。村垣も格別の働きがあった。よって、近日中に上さまより御直々《おんじきじき》に褒美《ほうび》が下賜《かし》されるぞ」

よかった。

心の底から格之進を祝福したい。

両目を忙しく瞬かせながら、全身で喜びを表す格之進が脳裏に浮かぶ。

「戸川村はいかがなるのですか」

伊代が気がかりだ。

戸川家の改易と共に、戸川神社も破却《はきやく》された。伊代は戸川村に帰って行った。江戸を去るに当たって、千代ノ介は不忍池の畔《ほとり》にある茶店で団子を御馳走した。躊躇うことなく、伊代は美味そうに千代ノ介の分も食べた。

蕎麦の呪縛《じゆばく》から解き放たれ、一人の乙女に戻っていた。

「戸川村は御公儀の直轄《ちよつかつ》となる」

天領に組み込まれるということだ。

「今後、戸川蕎麦は御公儀御用達の商人の手で取り扱われ、江戸の蕎麦屋でも賞味できるぞ」

「それはようございました」

うなずくと、上目遣いに家斉を見た。家斉はあくびを漏らし、いかにも退屈そうだ。梨本とのやり取りに無関心なのかと思いきや、

「蕎麦か……蕎麦のう」

と呟いた。

そういえば、このところ蕎麦のことを家斉は話題にしない。気まぐれな将軍さまゆえ、蕎麦に飽きたのだろう。

はたと何かを思いついたように、家斉は膝を叩いて腰を上げた。

「奥へ参るぞ」

梨本に告げ、御堂から出て行った。

濡れ縁で千代ノ介を振り返り、

「余は蕎麦よりも側女《そばめ》が良い」

ぺろっと舌を出すと、いそいそと階を下りた。

お気に入りの側室が出来たようだ。

池の畔で羽を休めていた鶴が舞い上がった。冬晴れの空に舞う鶴に白衣姿の伊代が重なった。

伊代も山里の空の下、自由気儘《きまま》に走り回っていることだろう。

この作品は双葉文庫のために書き下ろされました。

双葉文庫

は-29-03

千代ノ介《ちよのすけ》御免《ごめん》蒙《こうむ》る
巫女《みこ》の蕎麦《そば》

2016年11月13日　第1刷発行

【著者】
早見俊《はやみしゅん》

【発行者】
稲垣潔
【発行所】
株式会社双葉社
〒162-8540 東京都新宿区東五軒町3番28号
［電話］03-5261-4818(営業)　03-5261-4833(編集)
www.futabasha.co.jp
（双葉社の書籍・コミックが買えます）
【印刷所】
株式会社亨有堂印刷所
【製本所】
株式会社ダイワビーツー

【表紙・扉絵】南伸坊
【フォーマット・デザイン】日下潤一
【フォーマットデジタル印字】飯塚隆士

ISBN978-4-575-66803-2 C0193
Printed in Japan

井川香四郎　もんなか紋三捕物帳　ちゃんちき奉行　時代小説〈書き下ろし〉

筋違御門で町人の焼死体が発見された。城中奉行大久保丹後は、その町人の身元割り出しを門前仲町の岡っ引紋三に依頼するが……。

井川香四郎　もんなか紋三捕物帳　大義賊　時代小説〈書き下ろし〉

公儀を批判し豪商らの醜聞を書き立てる人気戯作者の死体が江戸城の濠端に浮かぶ。城中奉行大久保丹後は十手持ちの紋三と探索を始める。

稲葉稔　百万両の伊達男　横恋慕　長編時代小説〈書き下ろし〉

摺り師藤十郎にぞっこんの我儘娘お高から、恋仲の千鶴との仲を裂くよう懇願された慎之介。三十両で受けた矢先、思わぬ殺しが起こる。

風野真知雄　わるじい秘剣帖（四）　ないないば　長編時代小説〈書き下ろし〉

「越後屋」に脅迫状が届く。差出人はこれまでの嫌がらせの張本人で、店前で殺された男とも深い関係だったようだ。人気シリーズ第四弾！

風野真知雄　わるじい秘剣帖（五）　なかないで　長編時代小説〈書き下ろし〉

桃子との関係が叔父の森田利八郎にばれてしまった愛坂桃太郎。事態を危惧した桃太郎は一計を案じ、利八郎を何とか丸めこもうとする。

経塚丸雄《きょうづかまるお》　旗本金融道（三）　馬鹿と情けの新次郎　長編時代小説〈書き下ろし〉

お松との縁組が進まない新次郎に、大目付から婿入りの要請が来る。心揺れる中、榊原家でさらなる騒動が起こる。人気シリーズ第三弾！

佐伯泰英　居眠り磐音《いわね》　江戸双紙45　空蟬《うつせみ》ノ念《ねん》　長編時代小説〈書き下ろし〉

尚武館に老武芸者が現れ、坂崎磐音との真剣勝負を願い出た。その人物は直心影流の同門にして〝肱砕き新三〟の異名を持つ古強者だった。

佐伯泰英　居眠り磐音《いわね》　江戸双紙49
意次《おきつぐ》ノ妄《もう》
長編時代小説〈書き下ろし〉
天明八年、尚武館道場に隣接する母屋の庭で、磐音の子、空也が稽古に精を出していた。そんな中、速水左近によって予期せぬ報せが届く。

佐伯泰英　居眠り磐音《いわね》　江戸双紙50
竹屋《たけや》ノ渡《わたし》
長編時代小説〈書き下ろし〉
寛政五年春、遠州相良より一通の書状が坂崎磐音のもとに届けられた。時を同じくして、幕閣に返り咲いた速水左近が小梅村を訪れ……。

佐伯泰英　居眠り磐音《いわね》　江戸双紙51
旅立《たびだち》ノ朝《あした》
長編時代小説〈書き下ろし〉
父正睦を見舞うため家族と共に関前の地を踏んだ磐音は、藩内に燻る新たな火種を目の当たりにし……。超人気シリーズ、ここに堂々完結！

坂岡真　帳尻屋仕置【一】
土風《つちかぜ》
長編時代小説〈書き下ろし〉
凶事の風が荒ぶとき、闇の仕置が訪れる——。蔓延る悪に引導を渡す、熱き血を持つ男たちの姿を描く痛快無比の新シリーズ、ここに参上！

坂岡真　帳尻屋仕置【二】
婆威《ばばおど》し
長編時代小説〈書き下ろし〉
小舟に並んだ若い男と後家貸しの女の屍骸。ただの相対死にとは思えぬ妙な取り合わせに不審を抱いた蛙屋忠兵衛は——。注目の第二弾！

坂岡真　帳尻屋仕置【三】
鈍刀《どんとう》
長編時代小説〈書き下ろし〉
両国広小路で荒岩三十郎という浪人と知りあった忠兵衛は、荒岩の確かな腕と人柄を見込み、帳尻屋の仲間に加えようとするが——。

坂岡真　帳尻屋仕置【四】
落雲雀《おちひばり》
長編時代小説〈書き下ろし〉
帳尻屋の仲間として、忠兵衛たちとともに数々の修羅場を潜ってきた不傳流の若武者琴引又四郎に、思わぬ決断のときが訪れる。

芝村涼也
御家人無頼 蹴飛ばし左門 長編時代小説
御首級《ごしゅきゅう》千両《せんりょう》 〈書き下ろし〉
轡田兵庫との死闘で負った傷のため、養生を余儀なくされた左門。身動きがとれぬ中、数々の難事件に挑んでいく。人気シリーズ第六弾。

鈴木英治
口入屋用心棒28
遺言状の願《ねがい》 長編時代小説〈書き下ろし〉
遺言に従い、光右衛門の故郷常陸国・鹿島に旅立った湯瀬直之進とおきく夫婦。そこで、思いもよらぬ光右衛門の過去を知らされる。

鈴木英治
口入屋用心棒29
九層倍《くそうばい》の怨《うらみ》 長編時代小説〈書き下ろし〉
八十吉殺しの探索に行き詰まる樺山富士太郎。湯瀬直之進が手助けを始めた矢先、掏摸に遭った薬種問屋古笹屋と再会し用心棒を頼まれる。

鈴木英治
口入屋用心棒30
目利《めき》きの難《なん》 長編時代小説〈書き下ろし〉
江都一の通人、佐賀大左衛門の元に三振りの刀が持ち込まれた。目利きを依頼された大左衛門だったが、その刀が元で災難に見舞われる。

鈴木英治
口入屋用心棒31
徒《かち》目付の指 長編時代小説〈書き下ろし〉
護国寺参りの帰り、小日向東古川町を通りかかった南町同心樺山富士太郎は、頭巾の侍に直之進の亡骸が見つかったと声をかけられ……。

鈴木英治
口入屋用心棒32
三人田《さんにんだ》の怪 長編時代小説〈書き下ろし〉
かつて駿州沼里で同じ道場に通っていた鎌幸に用心棒を依頼された直之進。名刀の贋作売買を生業とする鎌幸の命を狙うのは一体誰なのか？

鈴木英治
口入屋用心棒33
傀儡子《くぐつし》の糸 長編時代小説〈書き下ろし〉
名刀〝三人田〟を所有する鎌幸が姿を消した。湯瀬直之進はその行方を追い始めるが、そんな中、南町奉行所同心の亡骸が発見され……。

鳥羽亮	鳥羽亮	鳥羽亮	早見俊	早見俊	藤井邦夫	藤井邦夫

鳥羽亮
はぐれ長屋の用心棒
老剣客躍る
長編時代小説
《書き下ろし》

同門の旧友に頼まれ、ならず者に襲われた訳ありの母子を、はぐれ長屋で匿うことにした源九郎。しかし、さらなる魔の手が伸びてくる。

鳥羽亮
はぐれ長屋の用心棒
悲恋の太刀
長編時代小説
《書き下ろし》

刺客に襲われた武家の娘を助けた菅井紋太夫。長屋で匿って事情を聞くと、父の敵討ちのために江戸に出てきたという。大好評第三十六弾！

鳥羽亮
はぐれ長屋の用心棒
神隠し
長編時代小説
《書き下ろし》

はぐれ長屋の周囲で、子どもが相次いで攫われる。子どもを探し始めた源九郎だが、その行方は杳として知れない。一体どこへ消えたのか？

早見俊
千代ノ介御免蒙る
目黒の鰻
長編時代小説
《書き下ろし》

しがない旗本、一柳千代ノ介は暇を持て余した将軍家斉より見立て番付の真偽を探る「番付目付」を拝命する。超期待の新シリーズ！

早見俊
千代ノ介御免蒙る
両国の華
長編時代小説
《書き下ろし》

千代ノ介の発案でお忍びの花火見物に出かけた将軍家斉は、武士相手に胸のすくような啖呵を切った女花火師のお勢に一目惚れする。

藤井邦夫
日溜り勘兵衛 極意帖
冬の螢
時代小説
《書き下ろし》

旗本本田家周辺を嗅ぎ回る浪人榎本平四郎。無外流の遣い手でもある平四郎の狙いは一体何なのか？盗賊眠り猫の勘兵衛が動き出す。

藤井邦夫
日溜り勘兵衛 極意帖
押込み始末
時代小説
《書き下ろし》

老舗呉服屋越前屋に狙いを定めた勘兵衛。だがその押し込みをきっかけに大藩を向こうに回す攻防に発展する。人気シリーズ興奮の最終巻！